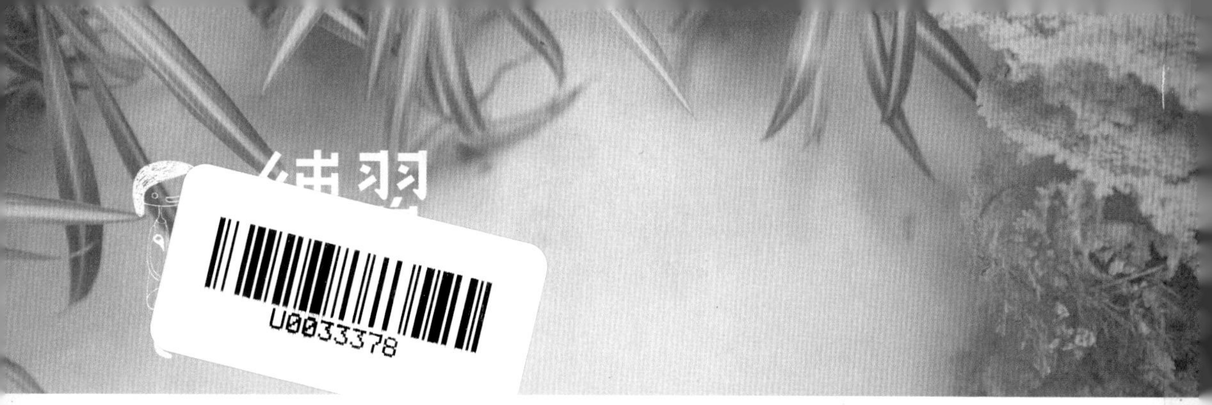

Contents

自轉星球 10 周年特別號

小 P　P = Practice
illustration by aPple Wu（阿普航空）

發行人、總編輯 **黃俊隆**｜主編 **何曼瑄**｜特約採訪 **柯若竹、艸釆、莊金展、張靜仁**｜封面、內頁攝影 **李盈霞**｜內頁插圖 **阿普航空、鹿夏男、徐睿紳**
美術設計 **徐睿紳、許琇鈞、鹿夏男**｜封面人物 **郭芷嫣**｜特別感謝 **窩著** perch cafe、Afterhours Cafe、Morning, good days 好個日
企劃經理 **鄭偉銘**｜經紀副總監 **熊俞茜**｜行政編務 **許菁芬**｜讀者服務專頁 www.facebook.com/practice.zine
出版者 **自轉星球文化創意事業有限公司** 地址 106 台北市大安區臥龍街 43 巷 11 號 3 樓
電子信箱 rstarbook@gmail.com 電話／傳真 02-8732-1629 ／ 02-2735-9768
發行統籌 **華品文創出版股份有限公司** 電話 02-2331-7103｜總經銷 **大和書報圖書股份有限公司** 電話 02-8990-2588
印刷 **前進彩藝有限公司** 電話 02-2225-0085
136 面；16.5×24.4 公分｜ISBN 978-986-90964-3-0（平裝）｜855｜103023019

自轉星球

工匠用雙手喚醒帆布的生命力

成就廣富號如此經典工藝

B-stronger 自轉星球10周年紀念提袋

限量贈品，詳洽自轉星球粉絲團

www.facebook.com/rstarbook

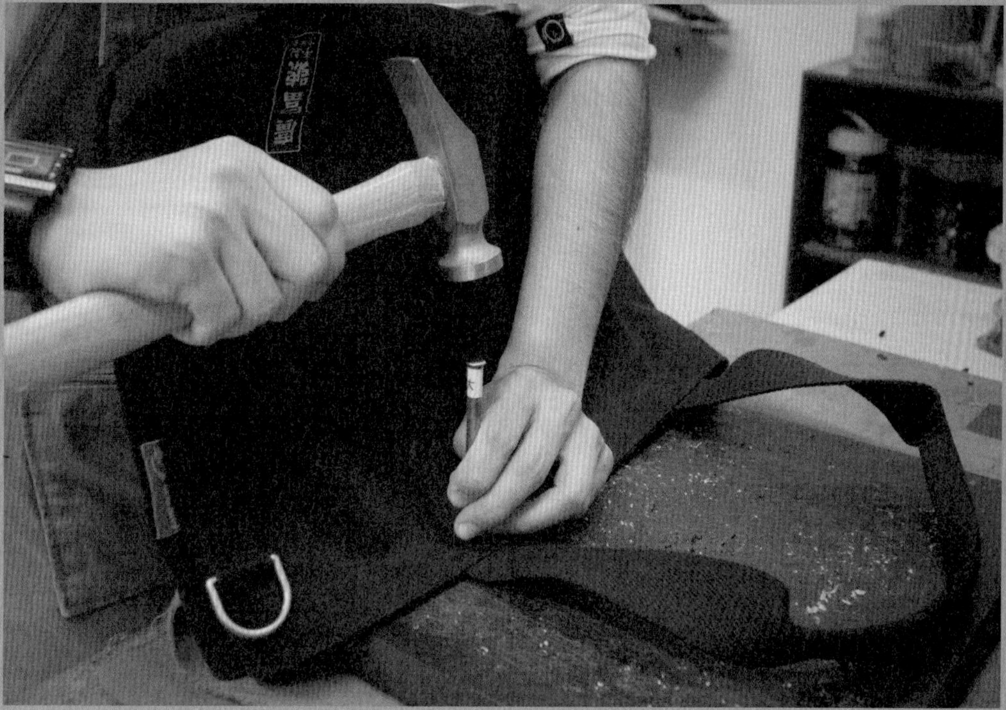

如果每次演出，每張專輯，都是一趟旅程……

929 / 3

吳志寧 / 吳晟詩歌：野餐

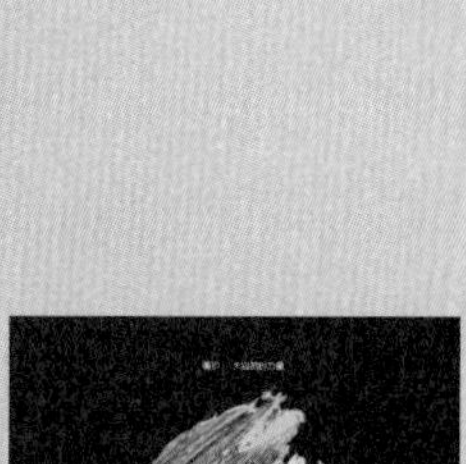

黃玠 / 大自然的力量

打字機與詩

在自轉星球即將滿十週歲前，請了兩次長假去了美國，暫時休耕，心虛地回看過往，以為還可以浪漫地隨意揮霍未來，才發現，世界變動飛快，有誰能不被逼促，偶爾放慢腳步；又有多少人還在乎以往那些傳統價值，在乎堅持，在乎相信，在乎自己生活價值的選擇。常常價值不免被迫換成數字與價格。

在他方旅行總是特別心虛——在你日常生活的故鄉中，你是否也如旅行般，好好認真地度過每一天？總是在抽身拉長距離，拉開一段時間後，才漸漸明白，真正的旅行不在他方。我在異鄉的旅途時光中，不時在腦中浮現過往生活片段，對於那些曾經的好與壞，喜歡或討厭，有了更深刻的體悟。好比我帶回來的兩台打字機的故事。

幾經猶豫，我在紐約跳蚤市場買了一台二〇年代，至今仍可使用的老打字機。當時行李早已爆滿，加上它的體積笨重，帶回台灣真不知能做啥用途。但在市集遇到的老闆George激起了我的好奇心，與他聊起的古老時光，讓我想到這台機器或許曾擔負烽火連天下的書信往返。後來某個週日午後，我在布魯克林街頭閒晃，被街角圍觀聚集的人群給吸引而停下腳步。一個頂著滿頭嘻哈捲髮的黑人，在打字機前努力埋首，桌子前擺了個醒目的立牌，抖大地寫著「Pick a subject and price, get a poem」。詩人有時抬頭張望，多數時間直直低著頭。輪到下一位等待的女孩興奮的說：「五塊錢好嗎？那就幫我寫首嘻哈的詩吧！」他臉上是一貫冷酷表情，準確說是不帶表情。轉身從背包裡抽出一張新的空白A4紙，裝進打字機裡，半聲不吭，自顧打起字來。這畫面讓我想起我那台打字機，以及更遙遠的，自轉星球剛成立的初始……

二〇〇四年的台灣，一人出版社對出版環境來說，仍是個全新大膽的實驗，逢人最常被問及的是「要害一個人，就叫他去開出版社……」此類陳年老哏。十年後，看著獨立小型出版社百花齊放，環境更多元成熟也更加競爭，我不免還是會想起此事，心想，或許他們現在更常會被問及這個問題吧。「好比路邊街角開出的一株野花野草，他先天就注定適合活在那樣的環境裡。」當時的我常是這麼回答的，並期許多年後，在某些角落會有更美好的百花齊放風景。

所幸十年後，自轉星球還活著，台灣藝文出版環境變好或變壞端看個人。每個人、每個工作、每個志業，都不會有一個客觀標準來評定它究竟是活在最好或最壞的時代。直至今天，我們所處的環境不免還是習慣看壞唱衰，但早已多了更多勇敢選擇自己相信的價值，熱情樂觀地接受更嚴酷的時代挑戰的人。自轉星球邁向十週歲之際，我們選擇以「因為相信——，所以堅強」為週年主題，是為這一路看著身旁那些努力而堅強的人的自我反思；是對自我未來的期許。選擇我們相信的，繼續勇敢而倔強，走自己的路。為此讓《練習》雜誌借屍還魂，暫返人間，出版了這本特別號。藉由那些創作者、受訪對象、品牌的作品與故事，與你一同摸索找尋各自相信的價值，更堅強的面對多變的世界。

「It is not every day that the world arranges itself into a poem.」某日紐約街頭，無意間看見一家小書店，外頭立牌上用粉筆寫了Wallace Stevens的這句詩，指引著路過的人。特別在此借用，送給即將翻頁閱讀這期精彩故事的你。

■ 總編輯　黃俊隆

透過閱讀，我們找到了相信的理由……

自轉星球一〇周年，請跟我們一起練習「相信——。」

10th Anniversary

因為相信＿＿＿＿，所以堅強

B-STRONGER 自轉星球10週年

PEOPLE

01

羅文嘉

水牛書店

Buffalo Book Co.

No.2, LANE 222, Ruian St.

BACK TO THE START

用花開綻放的美麗 映照那曾經獨行的足跡

自轉星球×風和日麗×水牛書店

叔本華說「生活和做夢是一本書的兩種讀法。」但他沒有說，生活和做夢很容易分岔，而且總是會因為不肯妥協的堅持變得艱難。二〇〇三年，風和日麗從一家唱片行出發，隔年，與查爾斯一樣從知名唱片公司離職的好友黃俊隆，也跟著成立了一人出版社自轉星球；二〇一二年，曾被稱為政治金童的羅文嘉褪下二十年的從政資歷，接手水牛出版，現在的他是農夫、出版人、菜販，也是書店店員。這三個人，同樣曾經為了心中祕密的烏托邦而叛逃離開，同樣任性地用固執灌溉看似不可能的未來，是什麼讓他們堅持相信沒有放棄？在角落等待花開的那些時刻，寂寞嗎？恐懼嗎？動搖過嗎？

十年磨一劍，有人江湖行路難，有人倦鳥歸山林……不管哪種選擇，都反映出與時代相對，又要活在時代中的矛盾掙扎；十年必然無法繪出一個人、一間店、一個品牌的生命全貌，但卻足以讓當初人生的逆向行駛，嶄露新的脈絡及輪廓。儘管這天，在對談片刻三人不時自嘲年少時的倉皇無知，也難掩對抗現實的疲憊流露，但在練習相信與練習堅強的路上，他們一如初衷，不曾離開過。

採訪撰文—柯若竹　攝影—李盈霞　2014-09-16 於瑞安街水牛書店

PEOPLE
03
查爾斯

風和日麗
A Good Day Records

PEOPLE
02
黃俊隆

自轉星球
Revolution Star

Buffalo Bookstore ★

BACK TO THE START

TALK

Q 你們都是從眾人欣羨的大公司／體制中毅然離開，尋找屬於自己的島嶼，當時的心情歷程如何？

查爾斯（以下簡稱查） 我跟俊隆最早是在魔岩唱片的同事。我離開的主因，是了解到愈大的體制愈容易陷入一種窠臼，他們企圖用同樣的邏輯去操作每個案子，但是每首歌、每次發行，一定都有新的故事。有的藝人剛開始根本不會表演、不懂錄音，但你一定是在裡面聽到了某種生命力，或跟其他人不同的「什麼」，那是我自己相信的東西。這十年來，我們其實是在尋找方式，努力讓我感覺到的那些美好被大家接受和看見。

黃俊隆（以下簡稱黃） 五四年級世代建立的典範與使命感，對我們這輩人帶來了一種壓力。我從前在唱片公司時，主管總是在開會時畫夢想藍圖大餅，每次聽到那些史詩般的偉大字眼，我都不禁臉部一僵，想說需要這麼嚴肅嗎？……後來開始投入出版業先去了幾間出版社上班，我其實不算很清楚自己想的方向，一路摸索著走。我不相信文化產業該僅僅是獲利工具，也對把經手的書用銷售規模劃分資源等級很不能認同，這都讓我在公司、工作互動上產生格格不入的感覺，然後也一直在那格格不入的感覺裡，苦苦尋找自我認同。

羅文嘉（以下簡稱羅） 我們這世代，搞政治也好，搞文學搞音樂也好，大都有蠻強烈的使命感，容易被捲入時代巨輪裡頭跟著轉，我也是這種狀況。或許因為我的生命歷程比較特別，一直都在別人觀看、審視的範圍裡，所以我心裡隱藏著想要離開的痛苦。很多朋友問我離開（政壇）有沒有適應上的困難？我說，我沒有太大的調適困難，我在原來的工作環境才有適應的困難。以前很少時間在「做事」，都是在「做人」，所以對我來講，現在的選擇反而比較簡單，甚至是一種解脫。

我一輩子都在搞政治，從沒想過要創業，也不知道創什麼業……但到了四十幾歲，我開始想：我想要另一種生活型態，不需要再去滿足別人，也不用繼續生活在他人眼光裡。

查 關於不適應這件事，我跟他們有蠻多重疊狀況，但別人眼光對我而言倒還好。我自己在做也鼓勵別人去做的，是找出「自己是什麼？」我遇見許多二十五六歲的小朋友，對生活品味、造型打扮很有主見，可是被問到最想做什麼事？不知道，真的不知道。他們對追求夢想的渴望，在很小的時候就被消磨掉了。所以我很希望藉由尋找喜歡聽的音樂，去告訴你，你可以為自己做決定。

其實新認識的朋友，常常會很突擊式地被我問說：「你相不相信？」每個人的反應不同，有人說「相信」，有人會問「相信什麼？」有的人直接回「不相信」，那種時候，可以清楚看見每個人對世界的防衛和距離。我自己的感觸是：不管工作或生活，我所遇見最痛苦的人，就是什麼都懷疑，什麼都不相信的人。

SUMMARY

永遠用外在眼光決定事情到底值不值得做的人，其實是對因果順序的錯置，你有沒有問過自己：「你相信嗎？」

Q 出走這件事，意味對當時現況的某種拒絕，你們想要透過拒絕動作反抗的是什麼呢？

查 我應該是想抵抗人性中的「只想要便利」這件事。舉例來說，929樂團去年在女巫店辦演唱會，沒有網路購票，你得在開賣那天前往購票，表演那天再排隊進場，很麻煩，但對習慣看表演的人，那正是女巫店最獨特、最有記憶的特色。這世界上沒有什麼都方便的，不可能手指動一動就能得到所有想要的東西，如果這麼容易，那一點都不值得珍惜，我最想對抗的就是這件事。如果你有很主動想追求的事，那應該要珍惜並且努力。

就像我會希望各種有性格、有想法的店繼續存在，透過這間店我們可以看見店主對生活的關注。雖然星巴克很好，但人生有時候好像不只有這樣，能夠「有選擇」是很重要的。

黃 我有個心得，跟某些朋友聊天，不管提什麼想法，對方反射性冒出的字眼就是「可是」，因為「可是」就停住、退卻。那個「可是」是種悲觀的預先假設，假設障礙，假設事情不可能，但永遠用外在眼光決定事情到底值不值得做的人，其實是對因果順序的錯置，你有沒有問過自己：「你相信嗎？」

在自己找路的過程中，也一直在思考想尋找的價值是什麼？我沒辦法確認這樣做對不對，或許跟這時代倡導的價值或目前現象背道而馳，但我想挑戰那些被認為理所當然的業界通則，像嘗試一種很挑釁的實驗——誰說這樣的方式不能運作？出版憑什麼不能是很純手工很傳統的作品？為什麼不能每個環節都設計得很細膩很透徹，而不僅僅是大量複製式的印刷品？

羅 離開政治圈後，我體悟到一個道理——通常政治中人深信一種邏輯：必須爭取更大更多的權力，因為擁有的權力愈大，能做的愈多，就能為人民創造愈大的福祉，所以選完這個還要再往上選，永無止盡……但後來我做水牛才發現，其實就像公司，營業額高不代表利潤高，因為相對成本也高。政治在獲取權力、鞏固權力以及其他權力爭奪上付出太高成本，最後你根本沒有時間使用權力去創造所謂的福利，事業體也一樣，實在的去做比什麼都重要。

例如我這季秧苗插下去，我就知道四個月後我會收到大約多少斤穀子，這些白米賣掉後，就可以付清這學期老師的束脩費，這學期開了一班，下學期有機會再開另一班。這些回饋很微小，但很真實，成為支持我在做的事情的動力，我的快樂是來自這些簡單的事。

黃 對啊，小事業體的確有更強的機動性，就像我相信小出版社有能力做不一樣的事。

從第一本書開始，自轉星球選題就有個大方向是「角落人生」，角落人生的意思是：不必去跟人家爭擠大花園，我們像路邊角落的野花野草，不用特別關照也能兀自繁衍綻放，長成怎樣沒人知道，哪天日曬雨淋就枯萎了也有可能，就做我們想做的、開心的事就夠了，像水牛這樣，成為街頭的巷弄一景也很好。

但我們也期許這樣的一株野花野草，最後可以長為一座自然的原始森林……我覺得那才是一個社會真正健康的狀態。不是你去走進時代或順應時代，而是時代隨著演變，跟我們產生愈來愈多的交集。

Q 守在自己喜歡但或許非主流的領域，要背負很多風險，又需要不斷向別人解釋，是什麼支撐你們去相信，並堅持下去？

SUMMARY

老實說我沒有想要創業，我只是喜歡才做這些事，然後就不小心變成事業了。

查 我覺得還蠻有趣的就是到現在，我起床要去工作的時候，我都沒有覺得「我要去上班」，這十幾年來從來沒有覺得。

我一直都不是以老闆的姿態在工作，其實就只是工作的人、喜歡音樂的人。我在音樂公司上班時看見高層的老闆和主管的生活和音樂都沒有關係，心裡就想，那好像不是我將來想去的地方吧……我希望我可以繼續「做音樂」，因為我是喜歡才做這些事，而不是一直去兜異業結盟等等。老實說我沒有想要創業，我只是想做一件事，然後就不小心變成事業了……

黃 以自轉星球來說，五周年是一個階段，現在則是另一個。五年之前幾乎是靠我個人意志撐起來，那時常半夜醒來會呆呆的想：「我到底在幹嘛?!」想反抗、想做一些事，但具體來說又很模糊；如果繼續這樣下去，那些熱情跟能量，到底還夠堅持多久呢？午夜夢迴時最怕被那樣的心情淹沒。十年原本以為是很長的時間，但回頭看只覺得「天啊～好短喔！」跟昨晚的一場夢沒啥差別（只是多了更多事情而已）。很多點滴都不是說多

巨大的事件，哪本書賣了十萬本、跟當紅作家簽了約等等，回想起來反而都不是重要的足跡，一些心情轉折才是最深刻的細節。

查　我也不是不會退縮，而是會想說是你選擇了要做這件事情，我們選擇的方式很苦，又需要很長的時間證明，同時會幫身邊的夥伴和簽約藝人掛慮擔心。所以很多時候你必須告訴自己：這就是工作的一部份。想讓風和日麗被更多人知道、相信這個音樂很好聽會有更多人喜歡，那你就得做某些事情去交換。我覺得人生就是不停的交換，未必是錢或名聲，有很多種可能與組合變化。

羅　我往往不太從 business 角度來想現在做的事。接水牛之後出的第一本書是殷海光的《思想與方法》，我有心理準備這本書大概不太好賣，不敢印太多，但推的時候真是慢得不得了～經過八個月之後，某天書店同事告訴我：「賣完了！」我突然心裡就覺得：也沒那麼糟嘛！算算只賺了幾萬塊，可是很開心。水牛不是大出版社，有想出的書再出，一般編輯沒書可出就沒有產值，但我們不出書的時候，編輯就賣咖啡、做其他事啊！每個人都有機會在不同職位學會做很多不同的事。

對我來說最好的方式就是不要說太多，我也不去管別人怎麼想，有想法就做，等做出來之後，你的作品或你做的事，就是最好的解釋。前兩年還會很頻繁的被追問我真的不回政壇

嗎？但現在不用人家開口，我做的事情就已經說明答案了。因為很清楚，所以我沒有眷戀，倒是會開始同情走不出來的人。（笑）

查 回到創業這個問題，那主軸是「創」還是「業」？我們的重點似乎是在於「創」，站在工作經驗和觀察角度，例如盧廣仲在變成盧廣仲之前，沒有盧廣仲，他就是他自己，但盧廣仲紅了之後，就有五十個盧廣仲出現，魏如萱也是……也許在創造的人是沒有在思考這些事的，但我們的角度是「我們想做這件事」，結果它好巧不巧變成一個「事業」。

羅 先有內容，成型之後有了這些「事」，才有那些「業」。

查 那些真的都是「業（障）」啊……（全場大笑）

Q 十年很長，足以改變許多事，站在此刻的稜線上，往前、往後觀察到的時代風景與個人心得是什麼呢？

SUMMARY

不要說太多，我也不去管別人怎 想，有想法就做，等做出來之後，你的作品或你做的事，就是最好的解釋。

羅 我這幾年生活跟過去差異很大，最關鍵的轉變在於以前重心放在追求自己的夢想，探索世界，可是現在會開始思考能夠給孩子什麼樣的未來？今年暑假我在國小教社會科，我覺得台灣的社會課本都寫得太爛！我就想自己教。人不是懸空而活的，需要有連結。我曾告訴因為迷惘來找我的年輕朋友，社會有各種人，你沒辦法去決定社會有哪些人，但你可以決定你要做哪種人。所以在我腦海裡很清楚的知道我現在做的核心價值是：孩子、土地、農業。這也是我自己到中年之後，對生命的體悟與重心所在。

黃 我們經歷過的那個年代的很多既定價值漸漸被打破，甚至歸零，萌發出一種反動的力量，重新去尋找很多東西，人生意義、家庭觀、工作等等。對我來說，出版的價值也是一樣。十年這樣走過來，如果把自轉星球的書一字排開，還要被問「自轉星球究竟想做什麼」的話，我覺得自己必須反省，代表這些事情沒有被理解和接收到。十年來我們試圖跟時代溝通過了，接下來便必須遠離，不再執著於原本想證明的那些，而去追求更本質、更生活、更樸實的事。對我而言已經到這個階段了。

查 我覺得每個時代都很好，我們在那個時代吸取養份，然後在這個時代才會茁壯。不停抱怨不停往回看的人，其實沒辦法好好的繼續活著。坦白說接下來我想做的是「去風和日麗化」，現在風和日麗跟我的名字永遠黏在一起，但是我不會只有那件事啊……做自己有興趣也有熱情的事，跟大家一起努力，為階段性的目標找到解決的方法，也許做不到，那就得放棄，繼續前往追尋下一個階段。

BACK TO THE START
GOODS

當天見面第一件事，當然是交換禮物！

自轉星球送上黃俊隆自述創社初衷的著作《在自己的星球裡作夢》，風和日麗帶來詩人吳晟老師跟929吳志寧父子合作的CD《甜蜜的負荷：吳晟詩‧歌》，但都比不上身為地主的羅文嘉，提了兩袋《孟祥森／孟東籬作品精選集》（一套七本）奉上，大家紛紛開始熱切研究，稱讚提袋質感好，布標的工很細緻，羅文嘉自豪地說：「這是印度的麻布做的喔。」然後誰感嘆了一句：「又在研究周邊，真是職業病！」書店裡頓時朗朗笑聲迴盪不斷……

①
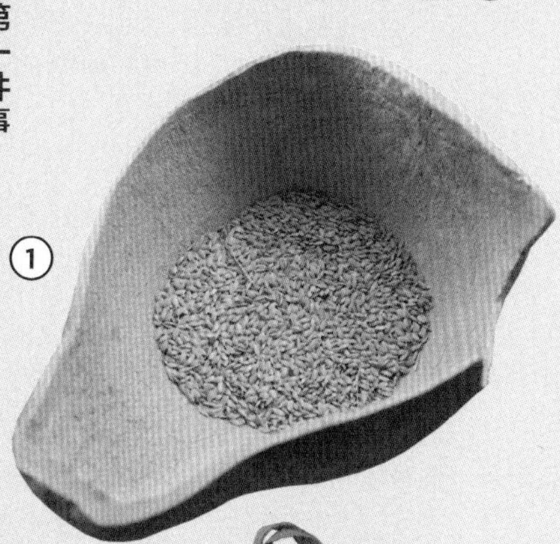
②

③

⑥

④

⑤
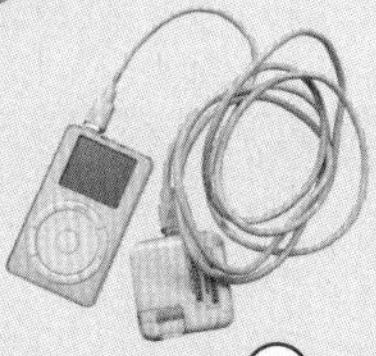

1 水牛書店出品的有機「學田米」（羅）
2 書店旁的「我愛你學田」市集，販售小農直送的蔬果（羅）
3 水牛書店的精美麻布書袋（羅）
4 風和日麗創立之初，在咖啡店、書店、服裝店架設試聽假，作為虛擬唱片行把音樂帶入生活（查）
5 虛擬唱片行所使用的全曲試聽iPod，到現在依然堪用（查）
6 早期自轉星球黃俊隆就曾像這樣自己帶著書充當快遞送貨到店（黃）

黃俊隆
自轉星球

自轉星球社長。文化廣告系畢。先後任職於唱片界與出版界，擅長創意企畫，喜歡音樂、出版、棒球。2004年出走體制，創立一人出版社自轉星球，並成功製作多位本土創作者著作，並兼任作家經紀人角色，拓展更多將可能。相信微型規模不是限制而是更寬廣的自由，相信出版不止是書，更有宇宙般的無限可能。著有《在自己的星球裡作夢》。

查爾斯
風和日麗

卓煜琦，朋友都叫他查爾斯，熱愛音樂。曾任職唱片公司與電台，於2003年成立台灣指標性獨立唱片品牌「風和日麗」，初期代理歐美獨立品牌，並推動台灣非唱片行試聽機制。後致力與台灣音樂創作者合作，2013年成立Dear Music，希望為本土音樂文化投下更多養份。人生宗旨與公司標語皆是「好好聽音樂，好好過生活」。

羅文嘉
水牛書店

桃園縣新屋鄉客家人，台大政治系畢。有二十餘年的資深政壇經歷，後毅然離開，回到鄉下老家種田興學，2012年意外臨危接手已成立半世紀的水牛出版社，並陸續開設水牛書店與我愛你學田市集，正在新屋開辦多種課程。重視社會企業價值，相信人根植於土地，透過推動閱讀、教育與文化的方式，一步步實踐社會改變的想像。

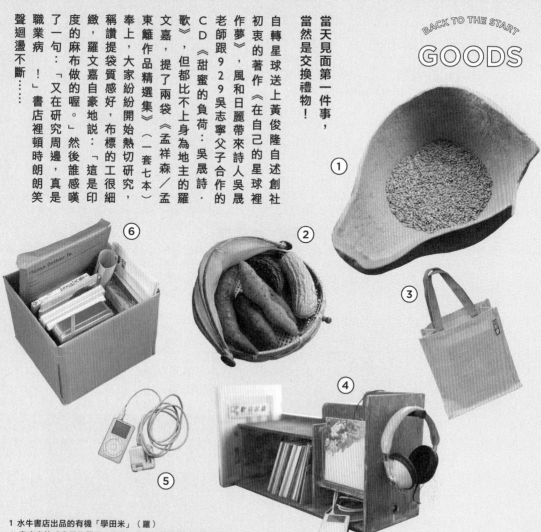

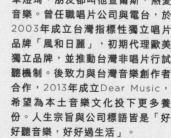

P's Feature

相信的軌跡

Practice to believe……

from

past

to

future

相信 獨一無二

職人故事 X 4

最扣人心弦的感動，往往來自最不可複製、不可取代的物件或體會，

例如獨一無二的燈具透出的柔和鎢絲光線、例如膠捲在顯影藥水中色彩幻化的瞬間、

例如看得到歲月流轉的門神油彩、例如手作織品中乘載的真 感情，

四位抱持著各自的信念，專注在自己的領域中的職人，

帶我們一窺他們一直以來的堅持與「相信____。」。

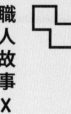

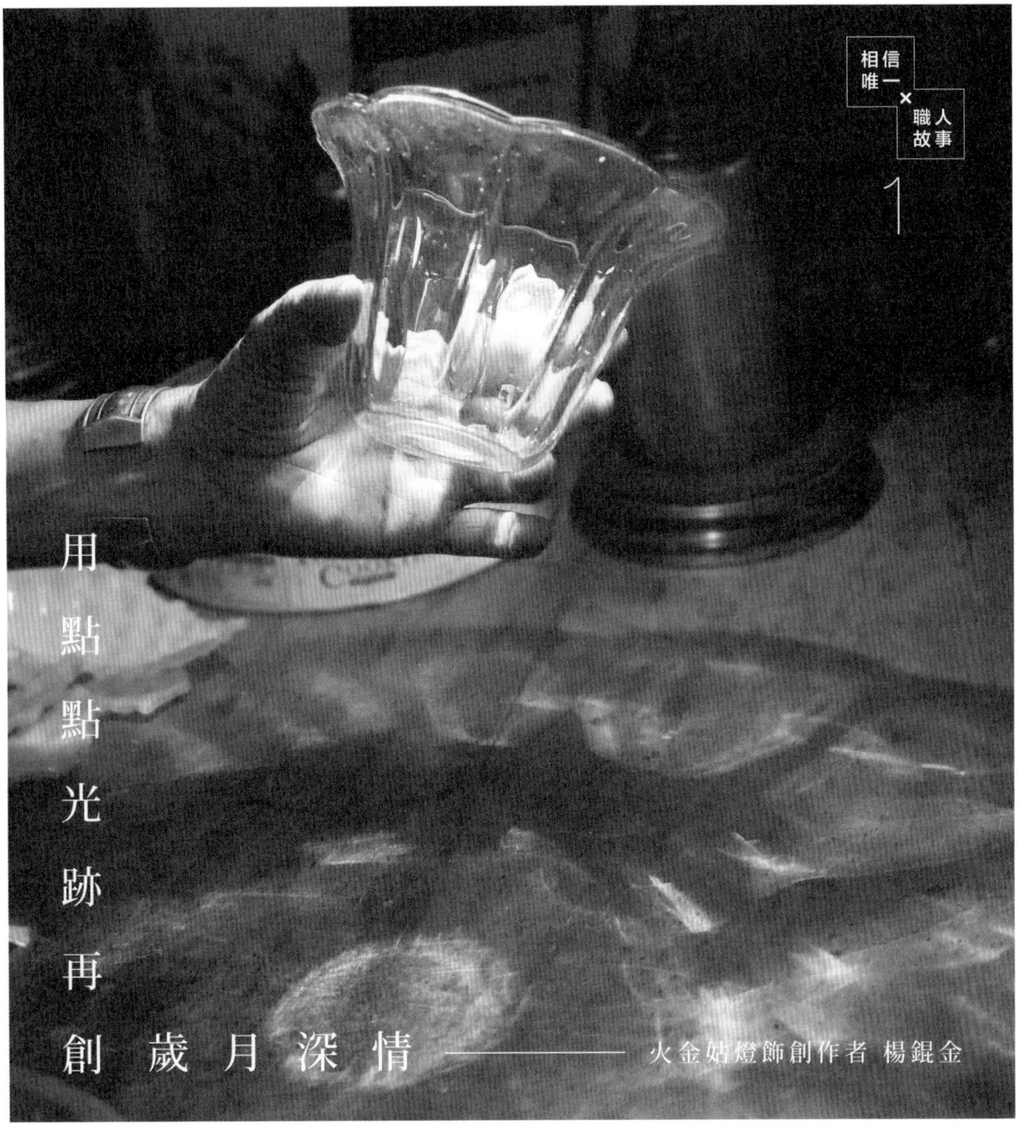

相信唯一 × 職人故事 1

用點點光跡再創 歲月深情

—— 火金姑燈飾創作者 楊錕金

在眾人競相追逐萬物更嶄新更光潔、更低廉更大量的倍速時代，有人獨鍾緩慢、戀戀繁複細瑣的手工……時間碰撞出的傷疤，旁人稱為瑕疵，他視為絕無僅有的印記。在火金姑這座堆滿五金零件與二手老物的伊甸園裡，他彷彿造物者——他用雙手創造新生命，他為每盞燈賦予形貌，他說要有光，就有了光。

採訪、撰文 柯若竹
攝影 李盈霞

點點光跡為都市夜色寫下歲月方誌

太陽下山，火金姑慢慢醒來。白天太亮太刺眼，晚一點這裡的綺麗喧囂將開始熱鬧上場。害怕孤獨的人與渴望孤獨的人，空間太擁擠的人與空間太冰冷的人，請來，來這裡尋覓一盞為你而生的燈——獨一無二，只屬於你的光華。

越過黃昏與夜晚交界的逢魔時刻，這座太虛幻境才會打開，推開厚實木門踏入，灰髮蓄鬍的楊錕金一如往常坐在大木桌旁，彷彿日本奇譚裡都市一角古書堂的性格老闆，等待漫遊者或有緣人上門，桌上一灘玻璃片是不巧破裂的球型燈罩。講話慢騰騰的他用手掃掃碎玻璃（危險動作，請勿模倣），自在地說：「不好意思，地方很亂～」順手遞過來熱茶，杯身色澤乳白，觸手溫潤，有種歷經年歲的端莊，一問之下，果然也是他收的二手老物。

青田街的巷弄總有種桃李不言的靜悄，座落在這裡的火金姑，也十足承襲了老闆楊錕金不喜招引的性格。他在青康一帶已經近三十餘年，早期做古董生意，專收台灣的民藝品。「那時我幾乎每天買，各種老東西，從傢俱、碗盤到櫥櫃都收。」本來最喜歡的也不是燈，只是天性惜物，楊錕金說：「以前就有收到些舊燈，留了不亮，丟了又可惜，就試著修復嘍。」彷彿天生該是手作人，電流或接線裝配，摸摸弄弄就上手了。不過真的沉溺手作燈具世界，還是因為著迷於玻璃的美不勝收：「以前台灣玻璃做得好漂亮，我那時還沒開始做燈，覺得實在太可惜了，便看中的幾個水晶玻璃果盤撿回家，後來做成燈都美得不得了。」過年或大清掃，垃圾堆裡頭有些沒人注意的寶，就是這樣跟著他回家，展開第二生命。他無限遺憾的描述，台灣五六〇年代時的工藝品水準好多了，為了一組小燈罩會願意特別開模，之前西餐廳吧枱嵌燈用上整顆星星玻璃，立體又厚實，那燈光出來的折射……哇！美極了！可惜現在不管是燈或玻璃製品，都失去靈氣，只好往舊物件裡找。

中外皆有牡丹燈籠的故事，看過楊錕金的燈之後不難明白，光彩流離的燈散發著怎樣的豔氣。「玻璃就是要剔透，要色彩飽滿，紅要紅得像寶石，綠要綠得像翡翠。我最期待的是每次把燈組裝好，插上插座，開關一開，嘩～那一刻的感動真是難以言喻。」——興趣可能就是從接上電流後，漏掉的那拍心跳開始上癮，「一頭栽進去以後就沒完沒了……」楊錕金邊說邊笑，看來是認栽認得心甘情願。

> 很多人來火金姑總要問，哪一盞我自己最鍾意？我說我的得意只限當日，過了這天後面還有，我最滿意的那盞，在未來。

異想天開的組合
創造每盞燈獨特的身世故事

也真的好在有楊錕金看到這些玻璃埋沒在廢棄雜物堆裡的璀璨流眄，於是才有「火金姑」這座夢幻仙境。滿室生輝的燈，夜夜伴著楊錕金構思琢磨新成員的模樣：「像這盞，有個客人對紅色燈罩很著迷，她就說她要，我說好，幫你搭成一盞燈。那綠色燈柱本來是支老酒瓶。燈罩下面垂著墜子，燃亮的時候紋路非常細緻，有種巴洛克的味道。」他描述的那盞燈此刻倚著窗，姿態嬝嬝婷婷，可不正像個美人，全然看不出一絲曾為棄物的破損頹敗。

在小屋裡隨意走走晃晃，會感覺自己像降落陌生星球，入眼簾的盡是看似熟悉又不太正常的異星花卉：電流通過，透明玻璃燈罩裡長出一朵霓虹玫瑰；敲敲燈蓋再仔細瞧，它前世可能是中華炒鍋、照相機、煙灰缸……乍看之下是正常的燈，仔細看才了解個中玄機，這便是楊錕金的厲害之處。有時候他也不先說破那機巧，等著聽客人自行發現時「哇！」的驚呼。這些令想像馳騁的奇趣靈感從哪裡來？這位藝術家露出仕事人的典型微笑：「看一看，想一想，輪廓就出來了。做一盞燈，我通常先設定造型，然後在工作室後頭那堆破銅爛鐵裡面找材料。我不畫設計圖的，燈的樣子就在我腦海裡。」

話說得似輕巧，其實他連作夢都離不開燈：「喏，像我手上這支薩克斯風比較長，昨天晚上我在夢中一直把玩，想著怎麼組合，前半段的夢給了靈感，後半段的夢連上整體造型，燈的長相就完全出爐了。」大夥兒尖叫：「怎麼這麼好?!」他聳聳肩回答：「偶爾才有一次。也是會想不通。」不僅因為自己愛動手，也因為看得多了，就更想做出跟人家不一樣的東西。無中生有是一種難，但協調不同質感，從既有的組合中生出新意，又是另一重層次的挑戰：金屬跟玻璃、粗獷或細膩、老件加新裝……於是舊貨本身的典雅氣質，和燈泡光源透過的比例，構成了每盞燈的獨特靈魂。不少日本客來到火金姑都大為驚豔，的確，這裡不僅環繞著京都町家般的悠緩氛圍，每件自楊錕金手下誕生的燈，既有獨到的美感追求，職人對手工細節的頑固堅持，更是少不了。然而有意思的是，楊錕金倒是不太在意拿所謂藝術名銜加諸己身：「我都稱呼燈是我的『勞作』，大人的勞作。有些人會隨便做個東西說是『作品』，我不那樣定義。不需要把『作品』兩個字擺得那麼低，也不必把自己的東西講得那麼偉大。」

喜歡老東西，做生意風格也很像老派人。對楊錕金而言，燈不僅僅是商品，更是交易一件與君相伴的緣份。青田街人潮不多，常常是車聲與鳥啼同時沉靜，他說日日一人獨坐，寂寞我相信每盞燈在空間裡面，都應該要有自己獨立的位置，放在哪個角落、呈現出什麼樣的光，那都會有獨一無二的魅力。

難免，但只要投入工作就自然沉浸其中，外界種種退至意識之外，滿心只想趕快完成趕快拉線，屏息期待燈亮起的那瞬間。當然也有不順的時候，那就出外蹓躂，或坐在門口綠樹下，抽根煙，等待靈感經過：「做這行，耐心一定要，當怎麼做感覺都不對，那就是時間點未到。」說起來，做燈也像修行？楊錕金淡淡回答：「其實每個工作都像在修行，磨練自己。」

從來沒有後悔過選擇這行，已過耳順之年的楊錕金，此生的深情與孤獨都獻給了燈，弱水三千，只取一瓢，但他樂在其中。他說最快樂的事就是能不用休息，一直一直動手做，把腦袋裡的想法化為真實，就是他的享受。現實的粗糙，在店內琉璃瀲灩的燈光映照下，一片融融美好，像不用醒來的美夢……

就把生命浪費在自己傾心熱愛的事情上吧！人生哪裡有比這更好的事呢？

楊 銀 金 ｜ 做過鐵工、賣過骨董，年近半百才開始燈飾創作，將原本喜歡的古物結合各式素材組裝的技術，加上與生俱來的創意巧思，在永康街開設「火金姑」燈飾店。

黑暗裡樂而忘返的影像信徒——達蓋爾銀鹽暗房工作者　陳豐毅

暗房不能有光，唯一的亮源是盞紅燈，旁邊的牆也是紅色。很奇妙的，暗房裡的紅，透出的不是熱情而是專注，不是熱鬧而是孤獨。像埋首沖片的人黑夜裡冷冷的太陽。暗房真的很孤獨啊，但若不孤獨，看到說笑分神洗壞的那一大落相紙，大概就得哭了。

採訪、撰文　柯若竹
攝影　李盈霞

機器沖片非常制式化，洗一百次就是一百次千篇一律的標準長相，有瑕疵的地方也重覆出現同樣的一百次瑕疵。可是，我覺得那樣並不有趣。

從相紙與工具淩亂四散的工作枱抽出一張回收紙，翻過來，是張照堂剛在北美館《歲月／照堂：1959-2013影像展》展出作品，另一角，沈昭良復刻版的《玉蘭》正在趕工等交件……這裡是湧動台灣攝影歷史的一段祕密河岸，相機從現實中抽取出它們之後，暗房便是影像面世的地方，也可以說，是影像的產房。

以銀版攝影發明者路易．達蓋爾為工作室命名，好像很嚴肅，但來開門的陳豐毅一身宅男打扮，腳下趿著拖鞋，整場訪談，他話多得不得了，不時夾雜著自我解嘲的哈哈大笑。一開始話當年，好風光便繪聲繪影浮現：「剛投入攝影這行時，那年代都還是底片，雖然純手工放相偏少，但畢竟是生活所需，家庭照啊證件照啊很常用到，像八德路這帶，師傅或店家滿街都是。」不似今日，十幾年前使用底片和沖片的風氣還屬主流，陳豐毅從服裝目錄一路拍到婚紗攝影，工作忙碌，收入也穩定，然而跟著炙手可熱的老闆幾年，改變也一一入眼，例如見到拿相機維生的前輩，原本的熱情，因每日每月機械式地按快門，被耗損到只想快快收工，最後只要不工作，就不碰相機。「拍照變成這樣，我覺得是很大的遺憾。」

七○到八○年的台灣，歷史寫真裡有金粉盛世，也有意氣消亡，但從跟拍到走暗房，倒真的是生命裡撞進的意外：「那時候有朋友在拍婚紗，我閒來無事去晃一下，攝影師說教我試用放大機好了，就開始玩啦！」然後順流而下，陸續開設了工作室、擴增空間與器材規模，又開始經營給一般人的沖片課程，辛苦也有，但因為喜歡，便不感覺崎嶇難行，走著走著，就像誤入武陵的漁人，在這片桃花源裡不離開了。

說回我們這個年代，底片拍照或許是種時尚趨勢，進暗房卻不是。追根究柢，原因同樣源於貪快，求省事的文化。大約跟藝術沾上邊的工作，面對大量複製的潮流難免生起悶氣，卻又對多數人的選擇無可奈何：「很多人以為是因為底片太貴而放棄，但說實在，唱唱歌、吃頓飯也是幾張小朋友（鈔票）。主要是費事，連拿去給別人沖都嫌麻煩，又不能即時上傳……」怕麻煩的人沒想到的是，透過掃描器裡的白平衡馴化後，不管底片或記憶，原本豐富的光源色溫，或自然界裡的變化層次，一律被規格化約為單調的標準色。

如此相較起來，手工放相似乎更貼近繪畫？陳豐毅隨手撿起前幾日的夜拍試作，生動比劃：暗房能做的可多囉，你想補點亮光？想加四邊暗角？都行。暗房能透過細緻的處理詮釋，讓溫熱的情緒或寒凍的膚觸，透過影像對觀者傾訴。

暗房裡的影像重逢 每一次都是初相遇

暗房裡很暗，陳豐毅靈活熟練地走動，裁相紙、印小樣、浸藥水動個不停，手上忙活之餘還能聊天，問隨行採訪的攝影師拿哪台相機：「你是二,4？」「24,70」「那你會少兩格曝光。」然後又雞婆地惋惜：「可惜我沒用canon，不然鏡頭就可以借你。」靠牆角放著尺寸驚人，宛如迷你游泳池的灰色塑膠顯影槽，陳豐毅有點得意又不無遺憾的說：「全開的，只用過一次。」他總說「做」照片、「做」效果，完全表露出這是樁手工事業。在數位洪流下，手工沖相不僅是種眷戀，更是違抗——違抗既定，違抗便利，違抗對底片千百種未知變化的視而不見。對於放相師的角色，他自我定位為技術平台，從張照堂、沈昭良、柯錫杰到陳綺貞，台灣不少知名攝影作品都由他經手，即使永遠是幕後角色，陳豐毅依然樂在其中。他平實地描述著內心最大的夢想，就是終有一天，這些被稱為「孩子們」的學員能自己去放他們要的照片，找到自己的風格。「以前有學生要我幫他的照片簽名，我說沒有放大師在幫攝影作品簽名的啦。攝影者才是最重要的，放相師技術再高明，如果拍的不好，成品不會精彩。」

只要精準控制過程，機械、物理、化學這些看似冷硬的元素相遇撞擊後，反而能催化出充滿氣韻與溫度的照片。「其實我沒那麼會拍，街拍常出槌，就在暗房補救。」可以加光減光，呈現自然色調，例如原本整體很亮的畫面，四角加深後，視覺更聚焦主體；也可以燒片、轉印到磁磚或玻璃上，嘗試各種有趣效果（事實上路易．達蓋爾所製作出，世界上的第一張永久性照片，就並非是相紙材質，而是印在銅版上）。那該怎麼向沒進過暗房的人訴說底片變化和手工放相的迷人呢？「我都直接洗給他們看。」講起教學，陳豐毅聲音堅決，眼神掩不住興高采烈：「沒看過很難相信這到底有多好，能做的就是一個個拉來，把每個有一點點興趣的通通抓到暗房裡，示範給他們看，讓他們知道說你的相片事實上可以洗到這麼棒！」快門一按，決定性的瞬間起手無回，但沖照片給予底片第二次，甚至好幾次的生命，可以不斷的去修正，創造新的可能，這正是暗房令人留連著魔的獨特魅力。於是陳豐毅又再強調一次他今天講了第三遍的台辭：「你不進暗房把底片放大成紙本實體照片，就永遠都不知道，底片有多少極限與樣貌！」

或許因為有了互動，儘管明知道手工放相日薄西山，陳豐毅卻不焦慮也不氣餒。比較痛苦的是攝影有同伴相互吆喝，暗房卻是適合獨自運轉的寂寞星球作業。生性活潑的他雖說情有獨鍾還是一臉苦瓜樣：「在黑箱一樣的空間裡久待，有時讓我很痛苦，連續工作五六個鏡頭以後，方向感都抓不到，距離感也會不準。」二樓是他平常自己工作使用，樓上另有大間暗房，特別為上課設置，兩側靠牆一字排開的放大機用螢光貼紙定位，警告你別撞到，人的背上也要貼螢光條，燈一關，幽幽細細的磷光像深海一群魚游過……陳豐毅開玩笑說做這行容易得憂鬱症——曬不到太陽，黑夜還是別人的兩倍漫長！「你問我做這個工作會不會煩？還是會啊！那種時候就出去拍拍照，平衡一下。」（還有罵學生：洗太爛！重新沖！）

生活通通都是關於攝影的大事小事

生活簡樸到幾近單調，陳豐毅的開支也毫不意外的，圍繞攝影種種：藥水、器材、膠卷，和少不了的精神食糧——整面牆是座攝影書寶庫，塞滿了昂貴攝影集和私人翻譯製作的奇門講義，只要跟攝影相關的，陳豐毅都想盡辦法找來，甚至連「自己的暗房自己蓋」教學手冊都有。再一轉身又像變魔術，秀出木製針孔相機，跟攝影相關的一切，對他而言都是新玩具。瘋魔到什麼程度？他自己招：「我連上廁所也在想、也在看……都放那種文章短短的，剛好一次讀完。」

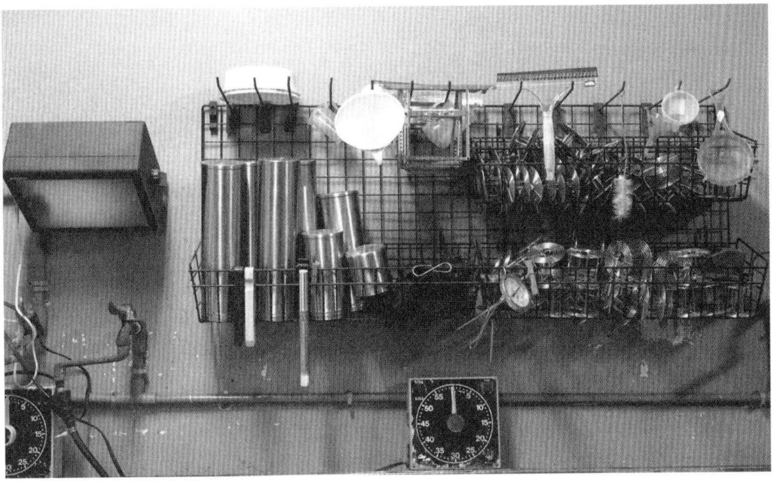

課程愈開愈多，行程愈填愈滿，不嫌忙嗎？他說不知道能活多久，能教就搶時間盡量教。那打算教到退休那天嗎？他斬釘截鐵回答：「教到死那天！」然後哈哈哈邊笑邊補充一句：「哎唷反正沒什麼好退休的～」

到死為止——這大概就是他對暗房最終極的愛情宣言了吧。

「暗房是個思考的地方，是工作室，也是休息場所；在裡面我回想拍過的影像，並在記憶的樣子之外，再想辦法創造出另一些東西來。」——細江英公

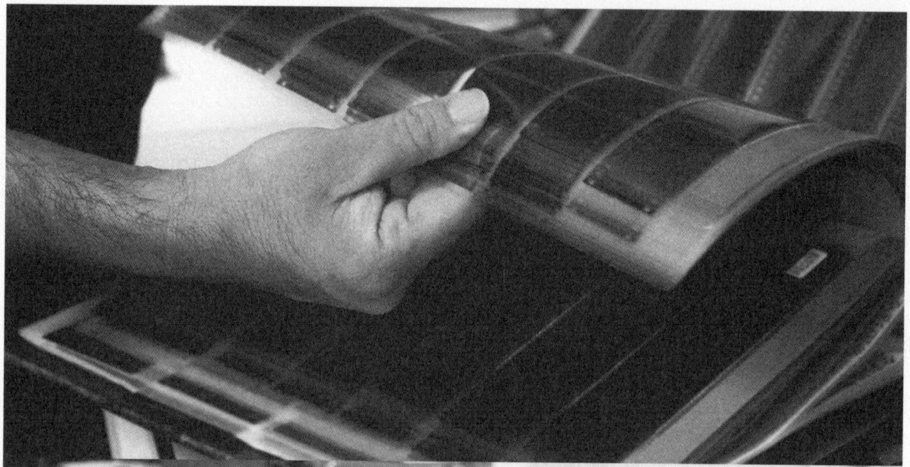

陳 豐 毅 | 先當了攝影助理，誤打誤撞進入暗房的世界。於二〇〇一年成立達蓋爾銀鹽暗房工作室，除了提供手工沖片放相服務，也進行暗房教學。

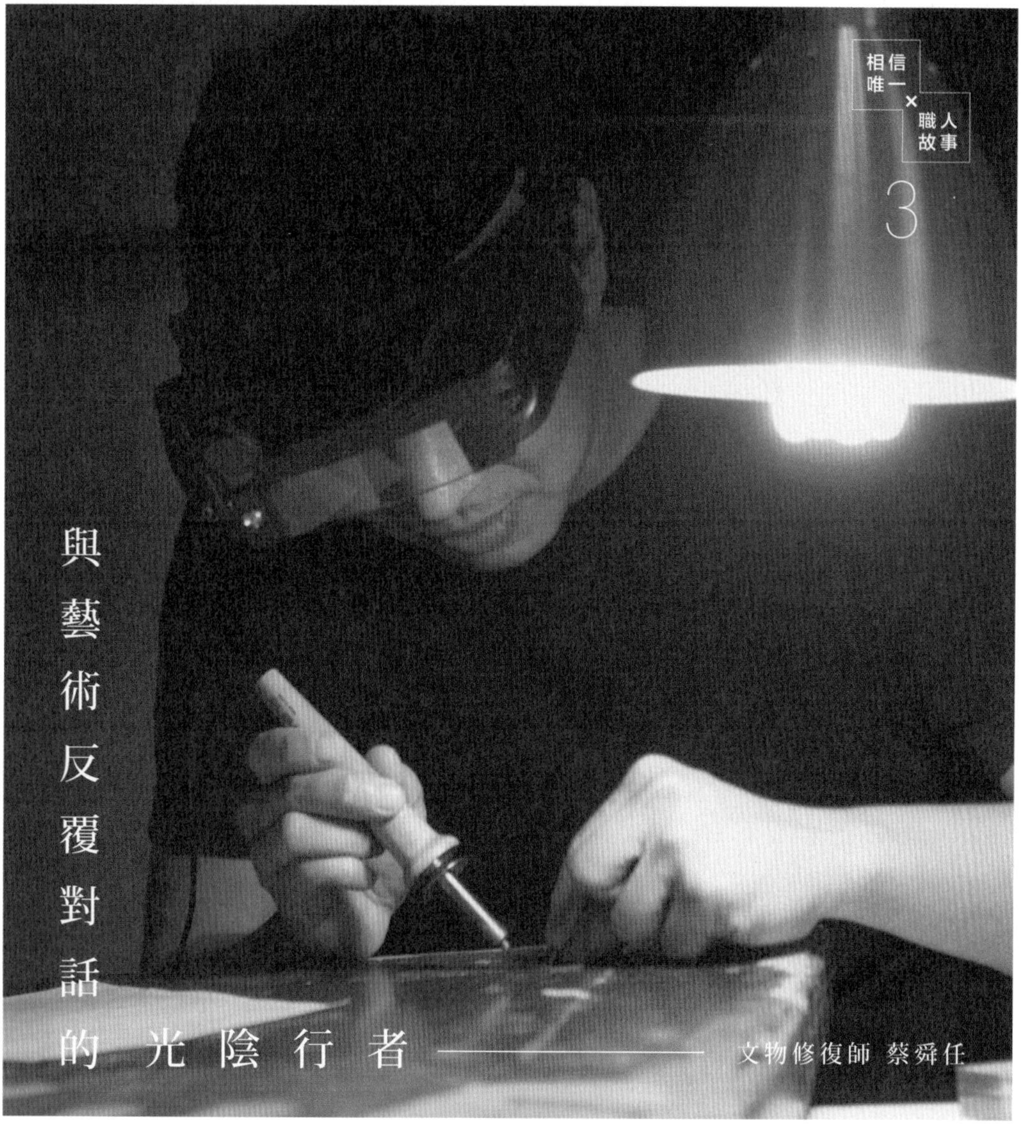

相信唯一 × 職人故事 3

與藝術反覆對話的光陰行者

文物修復師 蔡舜任

除了空調與排煙器規律的低頻轟隆聲，整間修復室寂靜而嚴肅，面帶肅穆的蔡舜任正向他的助理們示範著如何使用他自行研發製成的耐撞樹脂填料，修補八吉境關帝廳廟門門板的缺損處，好讓修復後的門板能再使用數十年。

採訪、撰文　莊金展
攝影　李盈霞

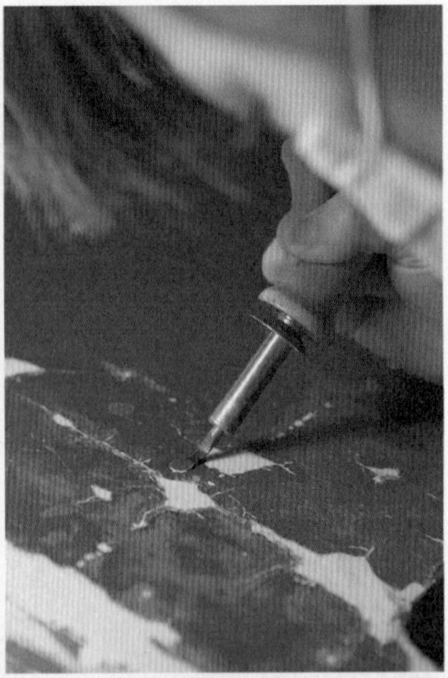

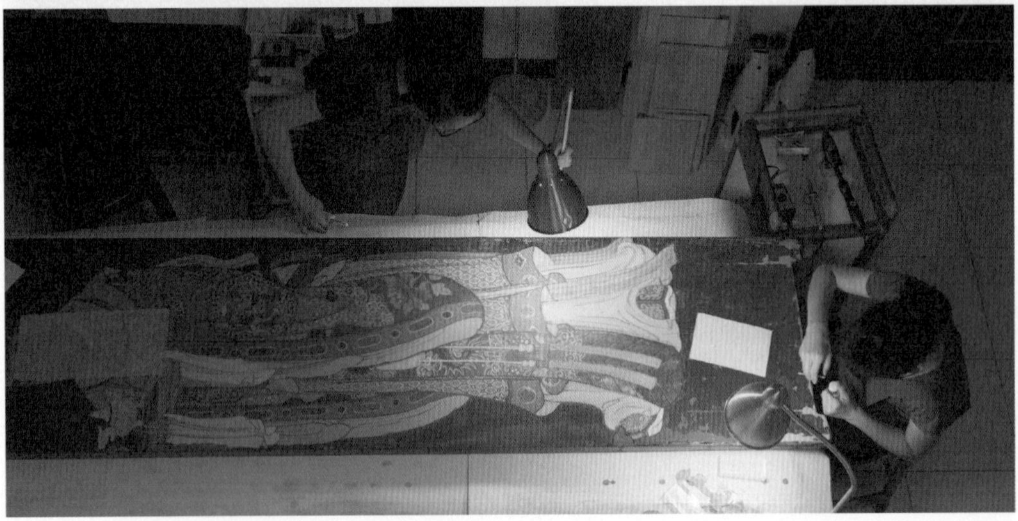

如果沒有修復的基本專業技藝存在，文化就無法得到凝聚、傳承，重點不是我們現在擁有多少文物，而是我們能讓多少文物繼續保存、延續下去。我希望能從自己開始，想辦法改變這個環境。

「蔡舜任修復工事」位在台南文化中心旁一幢不起眼的普通民居中，屋內陳設簡單，卻有著保持溫、濕度的溫控系統，排除化學揮發氣體的排煙系統，以及為了呈現色彩原色，色溫達六千五百度的照明系統等設備，憑著方法變通和改裝各種器材，蔡舜任親自打造了這間專業修復室。

蔡舜任示範完畢，接著從旁觀看助理們實際操作，並指導修訂他們的動作和技法，這些助理多來自文物修復相關科系，畢業後選擇在蔡舜任修復工事中擔任助理，從實務中學得更多精細專業的修復技法和知識，正如蔡舜任當年在義大利就讀修復學院之際以及畢業後，都從未停止在修復工坊跟老師傅習業，唯有如此才能獲得紮實的實務操作經驗，並針對不同作品做出正確的修復判斷。

拂去時間痕跡讓斑斕色彩重生

「修復很複雜，沒有固定SOP，得以非常符合邏輯又十足確定的方式，把原作者想表達的線條、色彩重現，而將各種修復技術轉化到作品上的過程需要經過不斷的討論，每一種方式都有不同專業。」眼神充滿自信的蔡舜任如此論述著修復這項工作。

大學主修美術的他，擁有很好的繪畫技法與材料應用術，但這只是基礎功夫，從事修復工作還得對藝術史有深度認識，並且對科學儀器操作和基本化學有所了解，以畫作修復為例，除了技術運用外，還得考慮「最少人為干預」，所謂少干預並不是不作為，而是要將因為環境或人為造成的干預移除。

修復室中的「看板作品」：潘麗水畫作門板，原本因為長年受香火薰染，厚實油汙將原作覆蓋，黑壓壓的門神僅能隱約看出模糊輪廓，但是透過專業修復後，移除保護層，還以畫師初繪時的真實原色，鮮彩的門板令人完全無法和原先烏黑的門板聯想在一起，也因此不少看過修復後門板的專家立刻提出質疑，認為這是重新彩繪的門板。所幸蔡舜任將每個步驟拍照記錄，當他播放不同階段修復狀況的圖片時，有如魔術師的幻術再現般，原本烏黑的模糊輪廓一步步還原成光彩亮麗門神，這才讓異議者啞口無言。最近，修復室受人贊助，更在屋內架起縮時攝影機，全程記錄修復過程，為的是讓更多未來加入修復界的新手，能有實際操作的案例教材。

撼動並重建文物修復與保存觀念

在重視文物、並且經過長期修復知識傳承的歐洲，修復師只要認真做事，整個環境會培養一個人的能力進步，如果表現出色，就容易被知名的文物修復單位錄用，接著一路和很好的藝術品與優秀工作團隊結緣。然而初回台灣時，蔡舜任發現台灣文物修復制度和理念都有些混亂，傳統工匠體系和學院派又各有各自的主張和做法，參與修復的門檻限制更是模糊不明。我們偶爾會在一些甫修復完畢的古廟中看到處理不當的門神畫像，色彩新舊雜陳像個大花斑神將，有些則遷就受油煙燻染暗沉的梁柱，將全廟改塗暗紅油漆。蔡舜任針對這樣的現象直接了當地說：「錯誤的修復才是真正的破壞！」

回台的前三年，他花了好多力氣與持不同態度的專家學者爭論「修復」的定義，直到後來他回想自己的初心，應該是希望能有更多台灣文物獲得重視並且受到應有的修復，於是他開始專心用時間去累積工作室的案例，提昇同事的專業度，也藉由展示、講解讓社會大眾對修復後的文物進行賞析和比較，漸進式地改變台灣文物保存的環境，而將修復室名為「蔡舜任修復工事」，以「事」代「室」，其實是想強調自己的初衷：「實實在在做一件對的事」。

修復室最近接獲的一項挑戰，是將台南鄉間古廟中的陳玉峰壁畫拆卸保存下來，但要如何將畫作從牆壁上擷取下來呢？蔡舜任發揮研究精神，經過小面積測試畫作成分，確認當初是以濕壁畫的作畫方式製作，可以捨切割牆面取畫的舊技術改用接取法（Lo Strappo），把畫從硬梆梆的牆面轉貼至畫布上。蔡舜任坦言最有成就感的一刻就是當原本不斷質疑「怎麼不用鋸牆」的廟方人士，看到取畫成功後的讚嘆眼神，而這看似大膽的取畫過程，其實正展現了蔡舜任厚實的藝術知識背景以及實務經驗，用對方法，才能適妥地將藝術文物保留下來。

數位器材可以幫助我們比對顏色，但我的修復師傅一再告訴我一件事情，這東西是用手做出來的，所以要用眼睛和手去感受筆觸，去比對破損的周邊，隨時調整、重新連結。

與不同時空下創作者的持續對話

修復對蔡舜任而言是一件很快樂的事情，除了成就感之外，修復像是和不同時空的人對話，當他用不帶戒指和手套的雙手直接去感受幾十、幾百年前的原作者筆觸，一步步修復讓畫作接近剛完成時的樣貌，同時也一面考量著要留些線索讓讓下一位修復師在未來能夠回推判斷此刻修復的狀態，不因錯誤處理而花更多時間和功夫去善後。

也因為修復這一件事，讓舜任眼界大開，跑了世界好幾圈，與許多優秀團隊合作，最後他選擇返回最愛的台灣，希望用貼近一般人生活的方式——廟宇修復，讓大家感受修復這一件事，同時也讓台灣文化得以累積，變得更加厚實。

蔡 舜 任 | 翡冷翠史賓內利宮修復學院畢業，油畫修復師，TSJ蔡舜任藝術修復工事負責人。任國內外多間博物館典藏及廟宇文物修復工作執行者及顧問。

相信唯一 × 職人故事 4

跨世代連繫人心的編織巧手

手工編織者 李庭瑋

採訪、撰文 莊金展
攝影 李盈霞

秋天的台南午後，陽光不再炙熱難耐，我們和李庭瑋約在他的租屋處，一座位在成大醫院北側巷弄間，以木頭搭建的簡陋男子學寮，室內沒有冷氣、冰箱、電視機這些現代生活用品，布置極簡卻井然，書桌上併排的三冊陳舊《機械工程師手冊》前，則堆放著他正在製作和研發的編織物……

當習以為常的技藝拉近了人心的距離

如果，頂著企業愛用的名校科系光環，你會如父母期盼的成家立業？還是追逐內心那份夢想的燭光而行呢？看著兒童育樂中心裡推廣編織手藝的父親長大的李庭瑋，耳濡目染成了一個信手拈來皆可編出小玩藝兒的編織迷，不但在學校裡成立了社團，接著想進一步成立自己的編織品牌。

在大學一年級的服務學習必修課中，李庭瑋選了醫院服務這項目，到醫院裡陪伴留院治療的病童，幾次陪伴後他發覺醫院裡的小朋友比較不容易有笑容，更由於接受治療的不適，每次醫生要進病房時，孩童就開始放聲大哭。於是他思索著，除了陪伴，還可以怎樣帶給病童快樂？最後他選擇用自己熟悉的方式——童玩編織，以表演方式帶動，然後將彩色編織球最後關鍵的完成線留給小朋友，讓他們有參與感和成就感。

後來李庭瑋在校園裡創設編織社團「新奇編織社」，結識一些志同道合的好朋友，他們固定時間會到醫院帶活動，陪伴小朋友。而看見孩童露出笑容就是他們最大的成就感，因為小朋友是因為你的行動而得到開心快樂，那是這群大學生在學校考試滿分也換不到的成就感與喜悅。此外，他們也和永寧基金會合作，針對單親家庭和隔代教養的小朋友舉辦營隊，並從這些活動中學習成長，而編織就像是聯繫起這些原本不相識的陌生人的情感鏈結。

除了技藝，也傳承了開創自己人生的精神

「我爸爸很厲害，什麼都能編！」當這位來自新北三重的孩子談起父親時，炯炯眼神充滿著崇拜，他的父親李世賓原本有個人人稱羨的公賣局穩定工作，後來因為興趣決定辭掉工作，到三峽山上向一位老人家學習用

芒草編織各項器物，更自行以新式材料及技巧變化，將簡樸的芒草編織蛻變成繽紛多彩的各式童玩，後來任職圓山兒童育樂中心的昨日世界園區，以編織童玩和教學為業，搭配生動台語順口溜教學法，獨特魅力常吸引大小朋友駐足。

由於經歷過這樣的生涯轉折，知道選擇編織為志業的辛苦，所以看到兒子正在步上編織童玩這一條路，尤其還要放棄好不容易考上的國立研究所，父親對此難免表達擔心之意，甚至告戒著李庭瑋，以前可以用這項技能養大家中三個孩子，但是現在時空背景不同，以此為業不一定足以養家。李庭瑋則是試著讓父親了解，正因為時代不同，他會想辦法將「設計」這元素放入童玩編織中，以貼近現代年輕人的色彩搭配和形貌，衍生兼具藝術性質的傳統編織物，正如當年父親率先以打包帶等新式材料製作編織物一樣。經過一段長期的溝通，最後說服了父親，連原本堅持反對的母親也軟化了，並向他表示：「這是你的人生，沒人能幫你作決定，既然決定了就認真去做，至少不是做不好的事情，我都支持你！」

從此時此刻
才正要開始的職人之路

這位剛剛開始投入職人之路的李庭瑋同學神祕兮兮地拿出一個餅乾盒，打開來向我們介紹他最新創作的鋼鐵人款編織球，就像個大孩子在展示著得意的祕密武器。

不經意問起他，對於同學已經開始研究所學習，或是踏入職場工作，會感到焦慮嗎？「會啊！」收起剛才笑容，認真回答了這個問題。原本想考研究所，是因為大三實習時，見識到企業升遷制度的現實面，有研究所學歷升遷機會多一點，為此他咬牙苦讀，以高分成績推甄上成大機械所。不過考上的同時他卻想開了，人生就這麼一次機會，為何要將生涯規劃得太死板，趕著去科技電子廠賣肝，等到錢賺到了，但是身體卻不一定健康，對此他認真思考：「這是我想要的嗎？到了四十歲時，我對夢想的熱情還會在嗎？」於是他決定放棄研究所，轉而創立自己的編織品牌，就為了不讓未來的那個自己感到後悔。

在李庭瑋寫得密密麻麻的行事曆上，看到他打算善用延畢這一年到各地交流，並去上創意產業研究所的課程充實自己，周末空檔時，他和社團朋友們還會到台南孔廟文化園區擺設攤位，教小朋友編織，順便磨練自己的耐心……

李庭瑋覺得透過面對面教學以及動動十根手指，一個編織物從無到有，那份手腦並用與期待完成的心情，是最真實的！現代人容易沉浸在電腦網路世界，但李庭瑋更喜歡直接接觸真實人群。為此，他希望有天能背起行囊，帶著編織這項技藝去旅行世界，讓更多人看見台灣這項傳統技藝，聽他說起這一切，感受到李庭瑋對編織品牌的將來有著各式各樣的想像。

不同於常見的傳統技藝職人的故事，也許在傳承父親的編織技藝，進而創立自己的編織品牌這條路上，李庭瑋才剛剛啟程，但正如他喜歡的運動慢跑一樣，只要有了方向，即使看似一直有人從旁超越，也要照著自己的速度，決心不停下腳步，憑著自己獨有的技能堅持到最後，李庭瑋不只傳承了父親的編織技藝，同時也延續了那股在對自己最重要的角落裡，持續努力的職人精神。

一個編織物從無到有，雖然不如滑動平板的一指神功快速，但是那份手腦並用與期待完成的心情，才是真實的！

李　庭　瑋 ｜ 成功大學機械系在學中，創立新奇編織社社團，創作並推廣各種材質編織品，目前正在籌備自己的編織手作飾品與客製化燈飾品牌Amazter。

相信——新可能

團隊故事 X 3

新的時代早就來了，來了好久了，

三個跟上瞬息變換的步伐、甚至超前在所有想法之前的團隊，

因為從一開始就相信改變、相信新的可能，

透過網路，他們打造了超越疆界與時間限制的平台，

示範了如何破除各種存在於傳統思維中的門檻與層級，

他們帶入眾人的智慧，相互撫平各種求知若渴的急躁，投入無比的專注與關切，

於是在他們的努力下，我們都有了重新思考「相信_____。」的機會。

相信新可能 × 團隊故事

1 用你的支持，打破夢想與現實間的藩籬

集資平台 zeczec 嘖嘖

採訪、撰文 — 何曼瑄　插圖 — 阿普航空

集資平台是一種提供創作者透過網路對群眾進行提案並獲得製作基金的服務網站。網路集資最迷人的地方在於，即便提案者擁有的是很稀有的愛好，但透過社群擴散，得以不受到主流商業決策的影響，同時省去因為商業運作而產生的成本，卻反而更精準且超乎地域限制地找到擁有相同喜好的人，相對地當消費者不需要依賴通路或是經銷商來決定市場時，所有人都有機會決定自己的喜好。

在眾多群眾募資網站中，zeczec嘖嘖並非提案數量最多、面相最廣的平台，但它卻以一種獨特的步調和運作模式，建立起一個為「創作者」存在的形象，成為許多設計、圖像或文字創意者選擇募資平台時的首選。而其成立的宗旨，也正是基於「鼓勵創作」。

Profile　2012年上線，為台灣第一個由群眾集資協助創作者創作和建立品牌的網路平台。「嘖嘖」透過網路的傳播力量協助提案者散播計畫內容和集資，截至目前已協助超過 70個創作計劃推出作品。

嘖嘖上的募資提案是怎麼運作的？

1 上架前的準備

「嘖嘖」團隊會對提案內容做初步審核和提出修改建議，並與提案者討論出執行期限和募資目標。

2 嘖嘖提供的服務

「嘖嘖」給提案者的協助包括：事前討論和完善提案內容、提案建檔上線、客服，以及整合媒體資源。

3 專心為創作案集資

在「嘖嘖」平台上最多只曾有13個計劃案同時推行，在「嘖嘖」上集資的提案幾乎皆為創作性質提案。

4 平台募資的優點

群眾與提案者間的互動是暢通的，募得金額直接反應市場評價，群眾的建議也能即時反應給提案者。

5 募資行動的意義

群眾透過方便的購買平台機制，除了提供了創作者製作所需的資金，同時可以表達對創作者最實質的鼓勵。

6 為何要透過網路集資

計劃案提出後，透過提案者和「嘖嘖」的社群網擴散，社群特性能讓計畫更精準的被目標族群所悉知。

不同於其他線上募資平台，「嘖嘖」並不是一間平常概念中的「公司」，而是由一群想做好玩事情的朋友組成，成員們分散在台灣、英國和美國，各自有工作，利用私人時間來進行跟「嘖嘖」有關的工作，不只募資在網路上進行，「嘖嘖」的成員們也是在網路以及工程師架設的後台上「辦公」。

「嘖嘖」最初的構想來自創辦人之一的徐震，念建築設計出身的他在英國留學並就業多年，幾年之間認識了很多到英國學習設計、創意等相關產業的台灣學生。他發現台灣是一個讓創作者不敢貿然投入成本去研發、設計商品的市場，最主要原因是缺乏一個讓商品被看見的平台，除了要有能夠販售商品的管道，另一個重點是設計師與業主和消費者之間也需要順暢的溝通橋樑。

「我們希望創作者能帶著大家的鼓勵向前走，也希望贊助者和創作者都相信自己做的事情是對的。」

當二〇〇九年社群網站的興起打破了許多傳統市場機制，迫使傳統通路和廣告業者思考轉型的同時，網路募資平台卻因為社群精準的擴散性而快速拓展了業務。雖然有著類似海外募資平台Kickstarter的機制，但其實「嘖嘖」更希望建立的是一個給予鼓勵和支持的系統，並且讓創作者能夠在這個系統的支持下享受整個創作的過程。在「嘖嘖」推出的提案大多以做創作案為主，而且投資者一定都會獲得實際的完成品或體驗回饋，目的不只是「讓消費者掏錢」，「嘖嘖」看到的是「購買」背後代表的鼓勵。

此外，創作過程總是漫長而艱辛，在嘖嘖上推出的計畫有些甚至歷經了一、兩年才完成。「嘖嘖」希望在創作者遇到艱辛和困頓時，除了讓群眾用購買方式給予鼓勵外，也可以直接留言鼓勵，希望藉此支持一個品牌一步一步地建立起來。

因為這種充滿實驗性和理想性的思維方式，在「嘖嘖」上架的都不是成熟品牌，募來的也僅是計畫所需的資金，扣除成本所剩無幾，根本稱不上收入，因為並不以營利為目的，「嘖嘖」除了極少的平台維持費用之外，完全不向募資者收取販售抽成或是拆帳。「假如把平台當成花圃，創作人當成幼苗來比喻，我們想做的是支持這些『幼苗』，讓他開出花來，我們更不急著把花摘了，否則那就沒有未來了。」

那麼未來，「嘖嘖」還有什麼想做的呢？「我們希望可以幫這些幼苗找到更好的園丁，來幫助某些不是生來就很強健的幼苗長得更好、更安心。」，「嘖嘖」希望接著尋找同質性創作中的專業工作者成為協力單位，給予新的創作者依循和學習的對象，並觸及正確的受眾。

群眾募資其實並不是一種新觀念，它就類似女童軍們在教堂外賣餅乾給街坊以募款，這種不循著一般商業管道到市面上跟其他商品競爭，而是找到對的社群裡的既有支持者的方式，如今透過網路被更深刻而廣泛地運用。網路的本質就是開放和自由，它打破了地理疆界，並有效地去除商品製成到上架之間的層層關卡，並替我們開啟了更多的想像與可能。

在「嘖嘖」這樣一個不替自己設限的團隊的努力下，我們都有機會拋開既有消費模式，去思考自己真正想要的商品為何，甚至我們都有機會，去創造只對包括自己在內，雖然小眾卻無比有意義的美好事物。

「重點是要讓年輕設計師入行的門檻可以降低一點，尤其資金不足是創作者最大的障礙，於是我想群眾募資是一條出路。」

關於嘖嘖的平台與組織

Q1 嘖嘖目前大約有多少人？組織分工狀 是如何呢？

A：嘖嘖目前成員共五人，分散在英國、美國和台灣。簡單把工作內容分成「跟計畫有關的事情」、「跟網站有關的事情」和「跟人有關的事情」三種，並且一人負責一種，其他成員則負責剩下的財務和公關行政等事務，從創辦至今都維持著這樣的小編制。

Q2 在嘖嘖上面的募資達成率有多少？

A：嘖嘖上的計畫有75%會成功，而其中失敗的25%通常是提案者上線之後就沒有繼續經營的狀況。我們在計畫開始前會寄一封說明信給提案者，告訴他們一些募資推動的作法和建議，大部分提案者都會很樂意配合和一起努力，因此我們的計畫達成率比一般平台要來得高。

Q3 目前顧客的組成分布如何？包括年齡／職業／身分／國籍比例？

A：男性佔45%稍多於女性使用者，年齡介於25~30 歲。目前的贊助者大多集中在台灣，另外也有來自美國、香港、中國、英國的使用者。

Q4 平台上最多同時有幾個提案在同時進行，提案的內容大致可以分成哪幾類型？

A：最多曾經有同時13個計劃在進行。我們有音樂、電影、攝影、出版、插畫、時尚、設計、表演、藝術、鄉土、科技，一共十一種提案類別可選。設計、科技、鄉土是最成功的三個類別。

Q5 目前為止最符合創立初衷的計畫？

A：舉牌小人製造機，這原本是設計師李瀚自己的創作，在2012年反核遊行時，他用手動的方式免費用舉牌小人這個角色幫大家製作舉牌標語，當時獲得極大反響，最後我們決定幫他做「UP UP舉牌小人生產器」，這是一個創作人覺得好玩，我們也覺得好玩，使用者也覺得好玩的企劃，當大家都開心，創作者就受到最大鼓勵，其創作質量也跟著大幅上升，接著也推出了舉牌小人的實體周邊商品。

相信新可能 × 團隊故事

2

尋找、參與、創造屬於自己的設計生活

設計購物網Pinkoi ——

採訪、撰文—艸采　插圖—阿普航空

在網路上販售商品並不稀奇，為什麼有了各種網路商店街、網路拍賣平台以後，我們還會需要一個專門販售設計商品的平台Pinkoi？

近年來隨著市集、手作風潮養成的設計商品客製化需求，昭示著我們對擁有「得以展示自我風格」的獨特商品的需求，而因應這樣的需求而生的設計商品，也就需要更開放、與消費者之間距離更近、溝通更暢通的消費模式與展示平台。

當新的需求已經產生，唯有真正理解並洞察到需求兩端的生產和消費行為模式，及建立一個符合雙邊的運作管道，並擁有足夠知識與技術的人，才能打造符合需求的平台。Pinkoi幾年來的努力與成長就證實了這一點。

Profile　2010年成立，2011年正式上線。從3個人的小工作室開始發展至今，Pinkoi號稱亞洲最大的設計商品網路購物平台，線上有超過21萬件獨特商品。繼手機購物App上線後，Pinkoi日本網站也在今年正式加入運作，穩定往海外市場發展中。

Pinkoi如何幫助設計師販售商品？

邀請原創商品設計師開館

Pinkoi上的設計品絕大多是原創商品，許多商品更提供良深客製的服務，讓使用者可以購買到獨一無二的設計。

超越時間疆域限制的服務

透過網路，使用者不受地域和時間限制在Pinkoi平台上搜尋心中想要的商品，平台並提供四種語系和五種幣值切換。

便於購買和管理的平台

Pinkoi的後台管理系統幫助設計師效率處理商品上架、進出貨和庫存。也可以彈性設定每個設計館的規則。

舒服的展示兼購買頁面

設計師的商品館兼具官網和商品展示作用，再利用社群傳播的力量拓展許多獨立設計品牌的客源。

拓展設計商品選擇

除此了原創設計商品外，Pinkoi上可以找到質感骨董老物和代理商引進的海外設計選品。

增加使用者互動和參與

Pinkoi還提供「靈感牆」和「使用者自訂櫥窗」展示服務，讓使用者成為妝點平台的創作者之一，藉由展示互動增加商品點擊與曝光率。

二〇一〇年夏天，Pinkoi的故事從一張小小的辦公桌開始。透過朋友介紹而認識執行長顏君庭Peter和技術長李讓Mike以遠距方式，和美國的創意長林怡君Mai隔海工作了超過一年，Pinkoi這個企圖結合軟體科技與創意行銷的平台，二〇一一年正式上線營運。

Pinkoi在準備期遭遇到最主要的困難不在於技術，而是一個憑空冒出的網站，要如何取得設計師的信任，讓設計師們打開心防。Peter花了超過一年半的時間，四處前往市集接觸創作者，與對方成為朋友，一個一個談下Pinkoi最初的幾個設計商店。

為了讓創作者獲得最大利潤，Pinkoi將商品售價的九成回饋給賣家，只抽取一成的營運費用。此外Pinkoi還有一個不被營收牽著鼻子走的理念：堅持不放非原創設計的商品。一路走來，三個人不斷互相鼓勵，提醒對方不要因為短期的商業考量，破壞辛苦堅持下來的初衷——給好設計一個被看見的機會。

Pinkoi的工作環境如同他們的平台一般，開放、靈活，而且與設計創意緊密結合。辦公桌是幾人組成一個區塊的島形座位，不設隔板擋住視線，不依照職位高低分配座位，工作氣氛專注但輕鬆，若是酒量不錯，甚至可以邊喝酒邊上班。除此之外，還有個有趣現象，包括Mai在內，其中有好幾位成員擁有副業或自創品牌，Mai說，這是來自於矽谷的文化影響「矽谷鼓勵員工擁有自己的副業。因為他們認為，在工作之外做的所有事都有助於學習、成長，和得到更多人脈和資源，這些都能正向反饋回到工作內容中。」

Pinkoi的成員許多有留學海外的經驗，其中也有來自北京、日本的同仁，國際化的團隊之外，平台本身也不乏海外設計師設店以及海外購買者，他們觀察顧客的行為模式及地區，陸續推出簡中、英文及日文版介面，並於二〇一四年底在東京設立第一個海外辦公室，預計邀請日本創作者和設計師加入平台，希望台灣和日本兩地的創作者增加正向的交流機會。

網路設計商品平台常常要面對的，還有另一項普遍迷思：設計商品必須得看到、摸到之後，才能決定要不要買，也讓實體商店的銷售強於網路購物。Peter笑著說，的確有很多人提出這樣的擔心，但他樂觀其成，隨著Pinkoi慢慢打開知名度，許多販售設計品的實體商店反而養成習慣，上Pinkoi找尋設計師，邀請設計商品進櫃販售。

「我們認為市場需要慢慢教育，網路與實體商店其實不是競爭對手，反而是相輔相成的關係。」

上線三年多，Pinkoi其實到目前都還沒有進入獲利階段，但由於國際投資人的資金挹注，讓Pinkoi得以全力發展。Peter說，網路事業看的是長程價值，團隊仍舊專注在幫助設計師創造經濟規模。Pinkoi不設定遠程大目標，而是貼緊環境趨勢，依據現況做出最快的反應及改變，比如因應海外顧客的需求，Pinkoi七月開始推出的國際集貨物流服務。對未來市場的觀察，Mai說，手機行動購物即將超越網站成為主流，因此Pinkoi也在今年推出iOS及Android雙系統App，讓使用者以最友善及最簡便的方式購物。

「把市場從台灣開始，慢慢擴展到台灣以外，一方面幫助本地設計師站穩腳步，擴展版圖及能見度，同時也實現了我們的初衷——讓好設計走入生活。」

他們不能停頓，唯有一直向前，把這條路走得更寬、更廣。

關於Pinkoi的平台與組織

Q1 Pinkoi目前大約有多少人？公司的組織，人力配置、職數內容分配和工作方式的大概狀 如何？

A：目前公司有25個人，平均年齡28歲，分為設計、行銷、程式設計、客服以及事業開發部門。因應七月中開始的國際轉運物流服務，以及海外市場發展，也增加了新的人手，成員許多有留學經驗，也有來自北京和日本的同事。

Q2 Pinkoi成員的工作時間如何分配？如何進行資訊交換及討論想法？

A：沒有硬性規定上班時間，大致上是朝九晚六。團隊使用線上溝通工具增加效率，適合團隊溝通的Asana可以把大的Project拆成不同部分，分派給每位負責同事，也有手機版可以下載；或在Slack線上聊天室開闢不同的群體討論群組，也可以一對一線上討論。

Q3 Pinkoi的商店是怎麼被決定的？什麼樣的商品和設計能夠成為Pinkoi的一份子？

A：選品的標準和依據一開始是依照主創三人的主觀，規模逐漸擴大之後，開發設計師的工作便交由其他同事負責，並整理出完整的選品邏輯：必須是原創商品，非原創商品則需為十年以上的古董物件，或是正規代理、經銷商引進的設計品等。

Q4 目前顧客的組成分布如何？包括年齡／職業／身分／國籍比例？

A：顧客的性別分布上，女生大概佔了80%，男性顧客也在逐漸增加中。年齡部分，主要落在25-37歲的區間上。目前有15%的海外顧客，大部分的購買者還是集中在台灣。台灣以外，最大的市場是香港。

Q5 Pinkoi創造了許多網路購物的新思考或商品分類邏輯（例如使用顏色分類商品），可否分享其中的一至兩個案例？

A：以顏色分類的概念，是幫助顧客更快找到想要的商品。還有一個逛櫥窗功能，每個人都可以自己動手，將喜歡的商品組成個人化的櫥窗，也可以去逛他人的櫥窗，這個功能讓使用者有黏著性，使用度更高，也能幫助設計師的商品以其他方式曝光。

相信新可能 × 團隊故事

3

參與建構一個虛擬的理想國，然後一起實現它

網路社群媒體 GØV 零時政府 ——

採訪、撰文—艸采、何曼瑄　插圖—阿普航空

二〇一四年三月十八日，反黑箱服貿運動在第一批民眾進入立法院之後開始，在全台灣的平面和電子媒體都還沒反應過來之前，零時政府GØV已經進入立法院，並在數小時之內，架構起一般需時數星期甚至數月的資訊入口網站g0v.today，大量彙整、更新即時訊息，同時架設了Wimax行動無線網路基地台，開始對全世界網民進行立法院內外多個同步網路直播。

之後在高雄氣爆事件及 港佔中行動發生時，g0v.today也以極快速度建立分頁，即時更新現場最新及物資需求等等訊息，我們都很想知道，這個以網路為戰場，打趴全台灣有線及無線媒體的網路社群到底是何方神聖？用什麼方式運作及動員？名為「政府」的他們除了g0v.today之外還有什麼其他計畫？

Profile　成形於2012年末的網路社群，將gov改為g0v，意思是「從零思考政府」，強調開放程式碼、資訊透明與自主參與等理念，伴隨著社群擴散與參與，從開放資料、開源社群逐步促成開放政府。目前仍在持續變化及發展中。

GØV零時政府是如何建立的？

1 GØV是由誰組成的

GØV是開放社群，並沒有清楚的組織形式，身處社群中的人通常稱為「參與者」。任何參與者皆可發起專案，對專案感興趣的人可自由加入協力。

2 讓一切資訊公開透明化

GØV成立兩年多來已完成許多對群眾非常實用的專案，包括中央政府總預算的視覺化、開放政治獻金、立委投票指南和「g0v.today」等。

3 由程式建構的零時政府

GØV的構想始於2012年底，由一群資訊人發起「第零次動員戡亂黑客松」開始社群運作，以寫程式的方式提供公民容易使用的資訊服務。

4 參與者遍及各行各業

初期參與者多為網路、軟體、程式、工程、設計 hacker等，後有NGO/NPO工作者、學生、鄉民，之後擴及各行各業，專案面向也隨之延展。

5 分享機制促成新媒體平台

「g0v.today」以及GØV許多整合社群或資訊的網站是使用開源專案hackfoldr所架設，此平台主要被運用在重大事件的即時資訊分享。

6 與平台外參與者虛實相乘

一般民眾也能透過GØV的各種網路資訊平台，獲取經過整理的重大事件與資訊，進而在實體世界中提供自己能力所及的參與或協助。

「GØV不是組織，所以一般不稱『成員』而是『參與者』；所有的參與者都一樣，自己決定參與程度，自己決定要成為什麼樣的角色，作為開放的社群，GØV推動的是自主自決的行動原則。」

自主及自發，是參與零時政府GØV的兩項要件。而推動資訊透明，是GØV社群最大公約數共識，在此基礎上，由對不同議題有興趣的參與者決定關注方式與程度，正在進行包括追蹤公務人員出國考察的、公開鼓勵提供高薪的公司名單、查詢台灣公司投資轉投資來龍去脈的關係圖等等超過五十個專案計畫。

GØV資訊公開及共同協作的理念吸引了許多參與者，初期主要是網路或程式設計師以及Hackers，之後陸續加入新聞或文字工作者、法律工作者、大學教授、各類科系的學生、NGO及NPO成員，鄉民等等各行各業的人。

反黑箱服貿運動時由GØV架設的g0v.today線上直播網站和國際網站4am.tw因為議題性強，在傳統媒體和社群網路大量曝光。因此運動之後GØV在參與人數上增加不少，除了實際核心程式碼貢獻者之外，也有許多參與者負責提供文字、圖像、設計等協助。

雖然只要參與其中就是g0ver，但是一般無特殊技能的民眾，該如何對GØV有任何的幫助或是參與呢？其實開放平台難免會有錯誤產生，無論是資訊上或是程式碼的問題，GØV都很歡迎群眾審核、挑出錯誤，並在臉書或是社群平台回報。

另外閱讀、使用並分享參與者發起的專案內容或是平台，也是很重要的參與。就像在高雄氣爆事件發生時，因為已經有過g0v.today網站的使用經驗，一般民眾也可以非常快速地利用「高雄氣爆資訊」分頁獲得第一手資訊，並在現實生活中提供自己能力所及的協助。

「目前幾項實戰經驗，其實都是重複利用工具，讓更多人能協助、貢獻。其中也學到許多寶貴經驗，所以工具一定要能開放並且重複利用，才能繼續改善。」

令我們好奇的是，GØV如何解讀自己在出現之後，對台灣傳統社會運動及媒體的生態和心態的改變？社群發起人之一瞿筱葳（ipa）坦白告訴我們，他認為改變並不大：「傳統社運和媒體不熟悉開放社群的『參與』、『貢獻』概念與傳統的『免費』志工不同，也還沒體驗更多開放資料所帶來的累積式改變。」

的確，《練習》編輯部從邀訪開始，便經歷了一連串的震撼。由於社群參與者分散各地，而GØV也沒有任何負責人、代言人可以代表受訪，因此我們是以線上共筆系統「Hackpad」來進行訪問。換言之，這是一場在沒見過任何受訪者，也不是透過電話或視訊採訪的情況下，全程以Hackpad共筆方式完成的報導。甚至採訪之前，GØV就先提供了幾個其他媒體採訪時的共筆作為參考，而們的訪問內容在討論期間，在網路上就已經完全公開，甚至只要附上創用CC授權的標示，所有內容都可以直接被任何人引用，當然，也包括其他媒體。

改變不是迅速的旅程，但對於GØV這個永遠變化的有機體中所有參與者來說，他們一直都在往前滾動、努力著。透過這次訪談，《練習》也見證、參與了一點改變的過程。這些g0ver們先在網路上先打造一個理想的國度，是為了在現實中推動真實的改變，以便能擁有更理想的社會，而在這個以開放、自主為宗旨的零時政府中，你我只要有想要改變的事情，也隨時都能成為GØV的一份子。

協助建構GØV的一些基本知識

Q1 黑客松是什麼？

A：英文為Hackathon，為Hacker's Marathon的簡稱，通常是由參與者自主參加的活動，在一至兩日內的限定時間之內從提案、分組、分工討論及完成。GØV的第一個專案「政府總預算視覺化專案」即是在2012年「Yahoo! Open Hack Day」黑客松中完成的。

Q2 Hackpad是什麼？

A：Hackpad是線上共筆系統，在反黑箱服貿運動期間，GØV整合了Hackpad與其他服務建立hackfolder系統，在g0v.today網站上進行轉播。Hackpad讓參與者可以在同時間修改文件而不造成內容混亂，適合任何遠端討論及資訊分享，它同時也是g0ver進行提專案和討論的平台。

Q3 什麼是創用CC/CC0授權？

A：創用CC讓創作者授予其他人一定條件下再散布的權利，卻又可能保留其他某些權利。而CC0意指放棄著作權。GØV上的專案幾乎都標示這兩種授權，以講求資訊「公開透明」，本訪問內容即使用創用CC授權。

Q4 什麼是「挖坑」？什麼是「填坑」？

A：GØV運作的方式就像線上遊戲一般，看到自己關心的任務或議題，參與者就自行「挖坑」（創造任務），後來加入的參與者也跟著自行「填坑」（投入、整理或完成任務）。挖的坑受到夠多參與者填坑，也是一種「民意」的表現。

Q5 誰是「沒有人」？

A：GØV的座右銘是：「不要問為什麼沒有人做這個？先承認你就是『沒有人』，因為『沒有人』是萬能的！」有了這樣的認知，GØV參與者便能全心投入自己認為應該進行的改變。

one
two
bye

人物專訪X3

堅持的力量

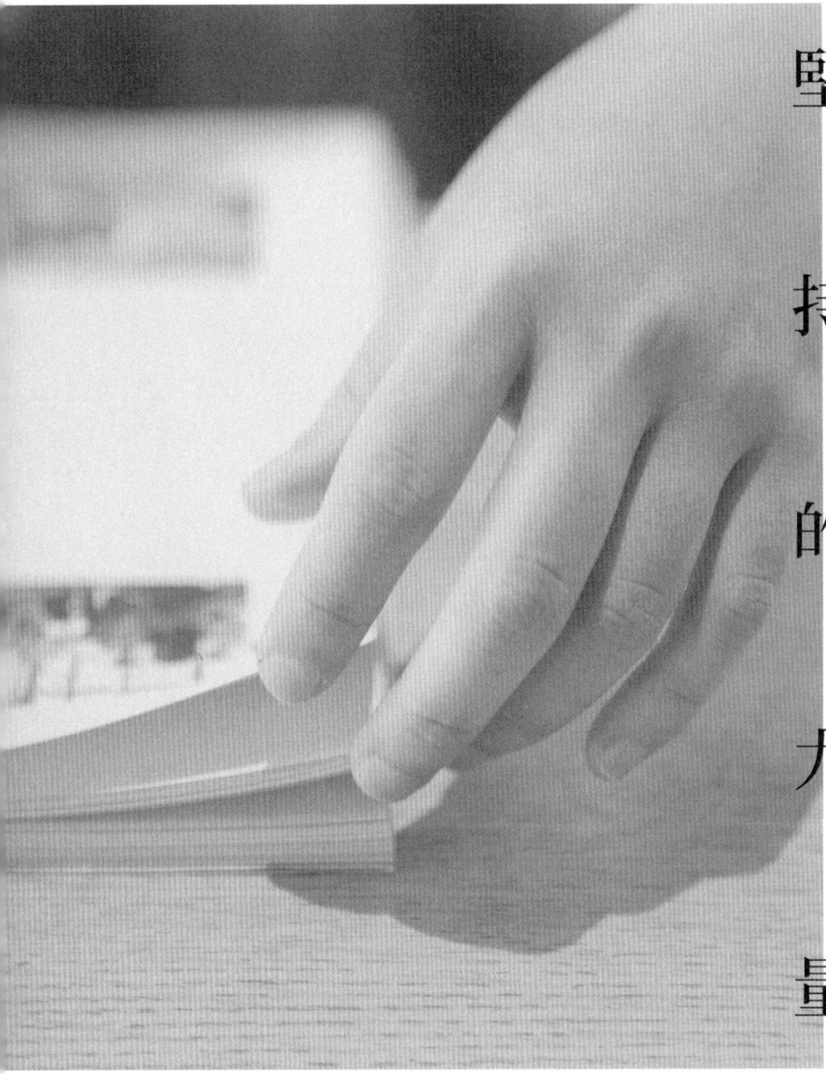

一個歷經多次受傷、職業生涯動盪，卻又一再重返投手丘的職業球員，

花了十六年的時間，反覆走進又抽離好幾組不同群體生命的紀錄片導演，

還有一位從小到大都在學習適應這個世界，並帶著學生們一起學習的國小校長。

我們每個人都有著極其私人的理由，在支撐著自己堅持某些信念。

透過他們的故事，我們都得以重新理解什麼是屬於自己的「相信____。」。

堅持的力量 × 人物專訪

1

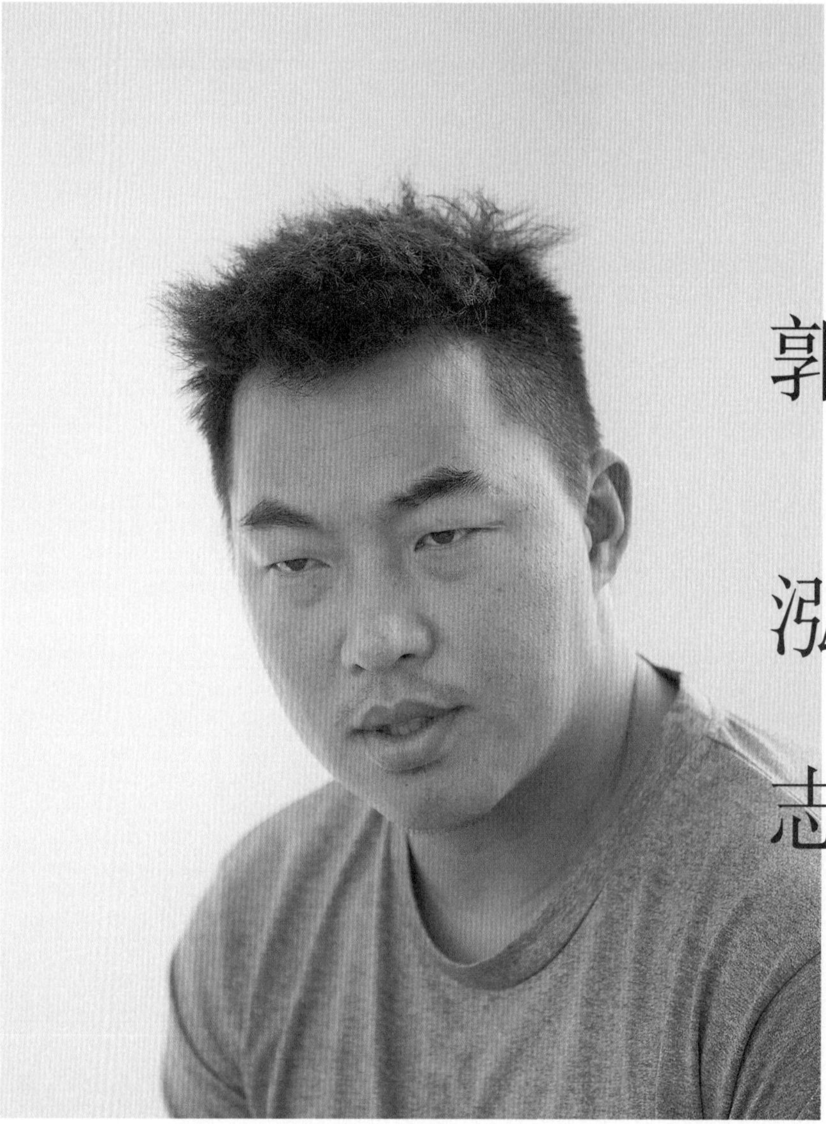

郭泓志

職棒投手

採訪協力 汪宜儒
採訪、撰文 黃俊隆 攝影 李盈霞

**即使經歷最深的疼痛，
仍要站上投手丘。**

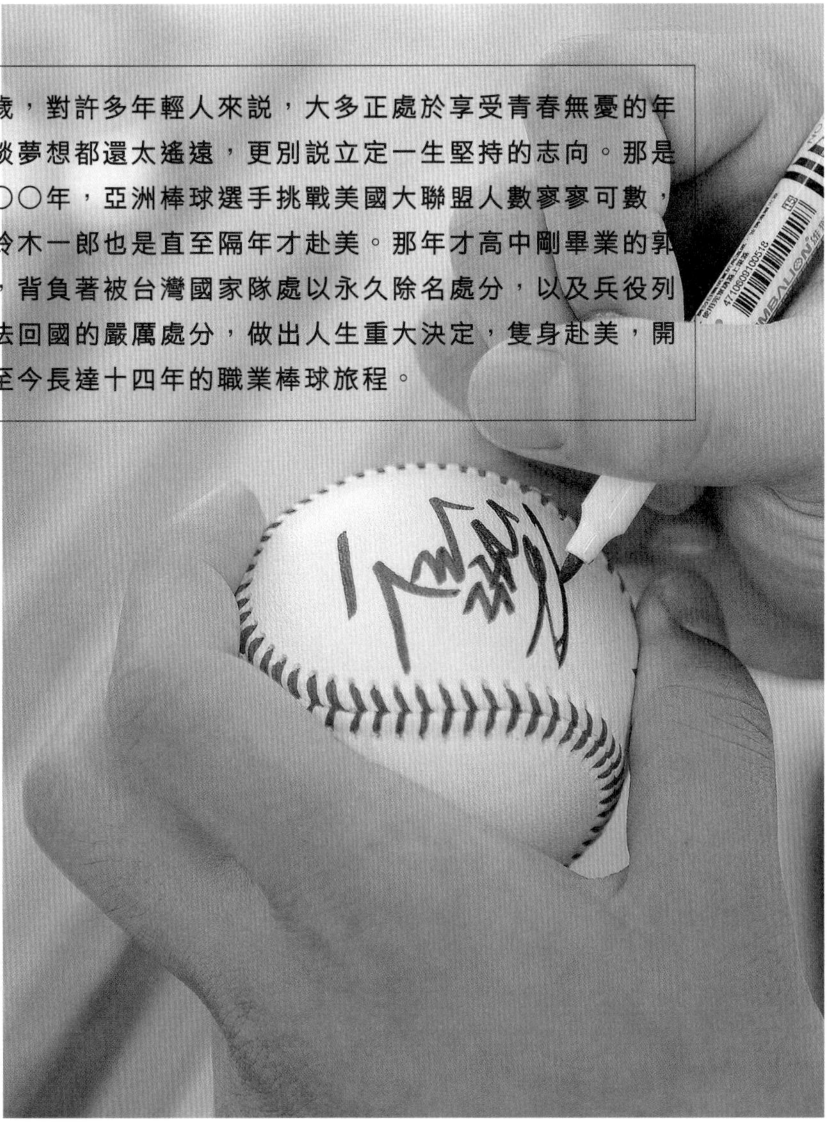

十九歲，對許多年輕人來說，大多正處於享受青春無憂的年歲，談夢想都還太遙遠，更別說立定一生堅持的志向。那是二〇〇〇年，亞洲棒球選手挑戰美國大聯盟人數寥寥可數，就連鈴木一郎也是直至隔年才赴美。那年才高中剛畢業的郭泓志，背負著被台灣國家隊處以永久除名處分，以及兵役列管無法回國的嚴厲處分，做出人生重大決定，隻身赴美，開啟了至今長達十四年的職業棒球旅程。

回首這一路，歷經大小聯盟升降，和五次大大小小手臂手術，郭泓志熬過無數個復健的日子，更曾突然罹患投球失憶症，一夕間忘了怎麼投球。「不知明天還能否繼續投球」的問題一路以各種不同方式磨難糾纏著他。如今，郭泓志依舊站在投手丘上，更堅信坦言棒球不可能從他生命中離開。究竟他是如何撐過這段路程，又是憑藉著什麼力量，讓他選擇繼續相信棒球是他這輩子不能失去的最愛？

郭泓志從小開始打棒球，希望長大後能以棒球為職。直到高中時，陳金鋒在一九九九年加入美國職棒，開啟了台灣選手赴美風潮，郭泓志才開始有了闖蕩大聯盟的念頭。高中剛畢業的他，是眾人期待的明日之星，原本可以安穩地待在台灣享受平順的職棒生涯，但他卻選擇了前途難以預料的赴美旅程。

小時候的郭泓志以為打球只要靠天賦智慧就可以，去了美國才發現一切不是這樣。待在小聯盟磨練的那幾年，日復一日在各個城市出賽，每天比賽時間很不固定，移動靠的是巴士，一坐往往就是十幾個小時。搭車、醒來、比賽、搭車，每天重複這樣舟車勞頓的日子，更別提他小聯盟生涯的五年間，就動了兩次韌帶重建手術。

「那時除了語言外沒有什麼壓力，台灣也沒什麼人知道我。受傷那段期間

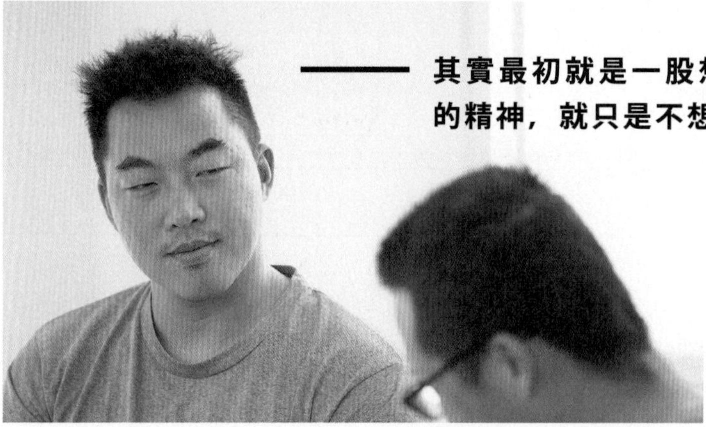

——其實最初就是一股想跟別人拚的精神，就只是不想輸。

也常會想若不打球，要幹嘛？要回台灣嗎？但這些念頭都很快就沒了，因為很快又要再做復健，然後又要上場比賽了。」

一再受傷又重回球場的經歷，讓郭泓志有了「不死鳥」、「浴火鳳凰」等封號。談及受傷復健時的心情，他坦誠：「我每天都想放棄。」只是那念頭很快便會被他磨練得無比堅定的心志給擊退。「如果有什麼事情是你放棄後會後悔的，那就應該努力去做。」開刀後各路友人提供的復健方式他都努力去試，即便他還是常會覺得痛、不舒服，但郭泓志常想，一定還有什麼有效的方法是他還沒試過的。支持他熬過來的目標其實很單純：「就算上了大聯盟也沒有想過要賺多少錢或幹嘛，而是一股想跟別人拚的精神，就只是不想輸。」

「我滿常懷疑自己的，尤其是開刀後。第一次覺得沒什麼，可是當後來又開刀、復健、又開刀……心理上的煎熬變得很大。但你得要去適應，找一些可以讓自己有動力的目標。每次出現負面想法時，我便會告訴自己，我那麼認真復健就是為了要回到球場上，然後開始想些我在球場上快樂的事情。這方式對我有很大的幫助。」一次又一次的開刀復健過程，讓郭泓志在棒球這條路上更懂得如何與自己對話相處。彷彿怕復健還不夠痛似的，郭泓志手臂上有許多刺青，包含他恩師H.A. DORFMAN生前鼓勵過他的「相信目標」這句英文。

要走上自己夢想的道路並不難，但卻不見得人人能成為夢想道路上的薛西佛斯。重回球場卻又再度受傷的煎熬日子裡，郭泓志難道不曾覺得自己就要走偏了？郭泓志答得坦率，「滿常的。有些時候會覺得自己不想打球

每次出現負面想法時，我便會告訴自己，我那麼認真復健，就是為了要回到球場上。

了。甚至因為沮喪反而會去做些傷害手臂的事，例如去打保齡球。就會想說就算了啦，我這樣做也不對，那樣做也不對。」但當他一叛逆，不做熱敷、不做伸展，就直接勉強去投球時，就會發現不做復健的狀態的確有差，原來之前做的一切，都是有幫助的。「雖然現在還是常會不舒服，投球還是會痛，但如果那段時間沒做復健的話，我現在一定根本沒有辦法打球了。」

赴美六年後，郭泓志終於站上了大聯盟的舞台，享受全世界的目光掌聲，創下許多榮耀記錄。但有了大聯盟的經歷後，郭泓志對於掌聲及舞台上的光芒漸漸看得很淡。受傷那段時間，在他腦中，早不知浮現過多少次可能再回不了球場了的絕望念頭。現在只要可以待在球場上，健康的投球，不要沒有比賽打，不要受傷，對郭泓志來說已是最珍貴快樂的事。

在相同的夢想道路上，每段不同人生，也會有不同面對夢想的方式。去年郭泓志穿上極具象徵性意義的〇〇號球衣，回到故鄉台灣打球。「回來台灣，目的只是為了要打球給我爸媽看，因為他們十幾年來都沒有看過我現場投球。」熬過幾度再無法回到球場的恐懼，如今的郭泓志活得比別人更努力，卻也更懂得看淡釋懷一切。

「小時候的目標現在都有了，例如打大聯盟，買房子，存款，娶老婆有小孩。如今，打球就是能打一天就算一天，但又因為我比別人更容易受傷，所以要比別人做得更多。」那麼，有沒有想過放棄棒球呢？他馬上堅定地說：「棒球不可能從我生命裡離開。但如果有天我不在職業球場上，不用再跟人家競爭了，就完全可以去做自己想做的事情，例如當教練、單純只是投球好玩等方式，繼續打棒球。」

如果能夠重新選擇，十九歲的他會留在台灣或日本？或依然堅持闖美呢？「我不會去想如果，那些都已經過去了，我沒辦法再選擇了。我只能把現在的事情做好，為明天準備。」他堅定地做此回答，如同他面對比賽時一貫的態度，「走出球場上了車，我只會想今天做了哪些事情是好的，例如怎樣把打者三振。當回到家，我就不會再想球場上的事了。」走過人生起伏，或許了悟了再也沒有更過不了的難關，也就不需強逼自己去思考還在很遠的「未來，如果有一天」，這般我們所習慣的人生假設。

—— **我不會去想如果，那些都已經過去了。**
我只能把現在的事情做好，為明天準備。

相片提供　台灣統一7-ELEVEn獅球隊

郭 泓 志

二OOO年在美國從小聯盟起步，開始職棒生涯。歷經多次的重大手術，但一再重返投手丘。他曾是道奇隊最低防禦率投手，創下開季連續三十二打席未被左打者擊出安打紀錄，也是第一位獲選進入大聯盟明星賽的台灣選手。目前為台灣統一7-ELEVEn獅球員。

堅持的力量 × 人物專訪

2

楊力州

紀錄片導演

採訪、撰文 柯若竹 攝影 李盈霞

——找到擁抱柔軟的方式，堅強才會長出來。

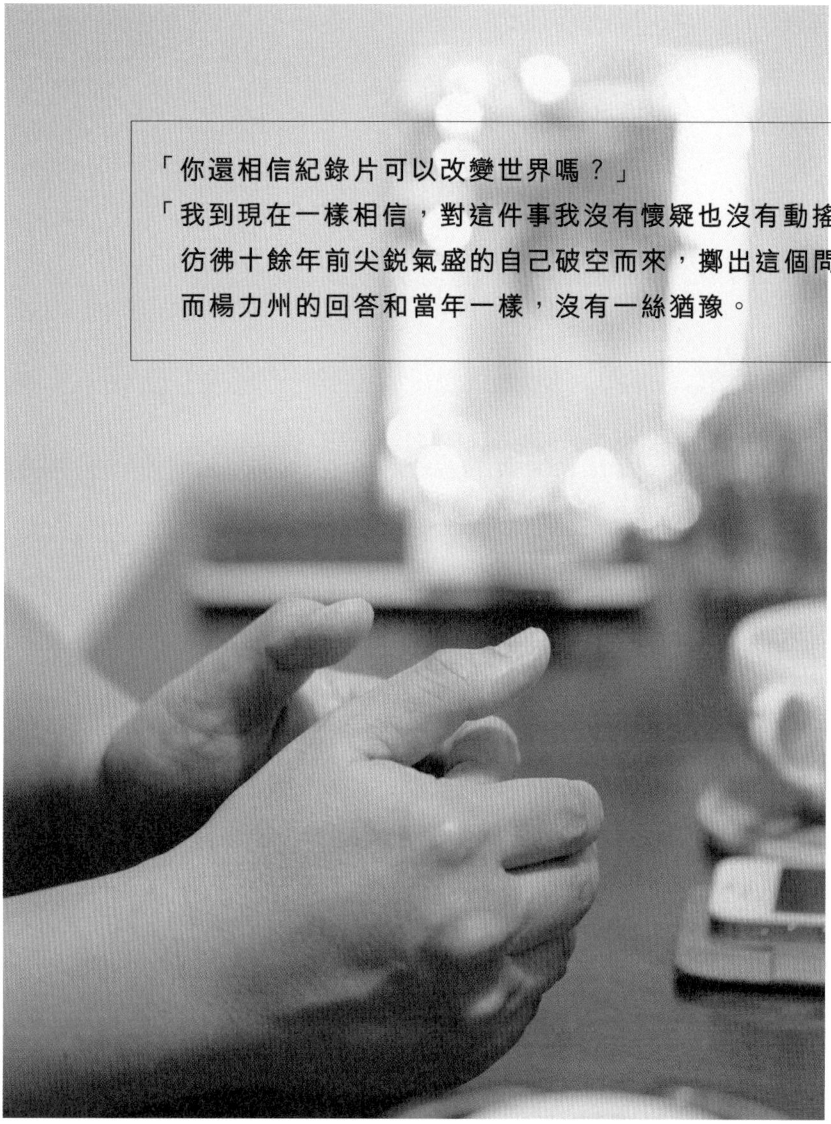
「你還相信紀錄片可以改變世界嗎？」
「我到現在一樣相信，對這件事我沒有懷疑也沒有動搖。」
彷彿十餘年前尖銳氣盛的自己破空而來，擲出這個問題，
而楊力州的回答和當年一樣，沒有一絲猶豫。

初秋時節的新店，下起陣雨又狠又急，楊力州匆匆趕回後場音像紀錄工作室接受訪問，因風雨略顯狼狽的他一進門，馬上滔滔講述那陣子正在剪接中的金馬紀錄片《那時．此刻》，興奮之情難抑……手頭上的工作是往回看半世紀的電影盛世歷史，那將攝影機調轉180度，看看屬於他自身的十年回顧呢？「到現在我一樣相信紀錄片可以改變世界，儘管那改變非常非常慢，可是我仍然相信，而且的確也看得到。」

▼

「有一次看帶子，拍高中生去ＫＴＶ唱歌，我突然定格回轉，因為我在經過的玻璃帷幕倒影看到了自己。天啊！我以前好瘦喔！那時心裡就想，我的青春也都在這裡了啊～」距離決心投身紀錄片超過十年（精確來說是十六年），歲月推著他往前走，哩程無數、顛簸無數，初衷雖堅定如昔，但就像填滿牆面的紀錄片海報，皆是他拿人生交換而來，時間傾軋過又怎麼會不留痕跡？

當我們想用紀錄片去改變世界，
但在拍攝紀錄片的過程當中，
自己永遠是最先被改變的那個人。

「我有個小小的發現，以前當我們把紀錄片視為一項改變世界的工具時，我們會懷抱著某種『正義凜然』，可是那種自以為是的正義，經常在拍攝當下會突然地反撲我們……」攝影機是入侵者，是詮釋權，標誌著與該地的身份區隔，一開始到新地方去拍攝，滿心以為是為當地的困境紀錄與發聲，可是每回走走拍拍，當地人往往會從悲傷氛圍中，懸崖開花般生出一絲力量，拍攝者反倒被顛覆認知、被反教育……於是他發覺改變世界之前，是自己先被改變了，不是被世界改變，而是被自己鏡頭下的人事物改變了。然後因為走進了、理解了他人真實的生命脈絡，柔軟的部份自然漸漸長出來：「我慢慢瞭解，改變世界之前必須先改變人。所以我的作品也開始傾向去改變人。」

人是一切的基礎，永遠都是，然後是人與社會環境的關係。楊力州有過一段時間在復興商工教書，他說最不能接受課堂問問題時，學生一致拿起手機Google，所有的答案都由搜尋引擎決定。「那些不是錯誤答案，但對我而言，那些是缺乏思索的答案。」那反應出簡便行事的集體社會價值觀，他很不喜歡。於是他的破解之道，就是去尋找那個怯懦於舉手的年輕孩子：「當我問雪隧通車你想到什麼？他可能回答：我想知道原本在橋邊賣茶葉蛋的那家人現在怎麼了？這對我而言就不一樣。表示這孩子意識到，一樣東西建立起來時，同時也有另一樣東西在崩毀，而這崩毀是他關注的。」

——在其他人都看見99%絕望的時候，我還是會努力提醒他們，不要忘記那1%的希望。

▼

面對我們生活的世界，眾多快速而劇烈的崩毀，個人很渺小，現實很無力，楊力州坦然接受自己的無力，但拒絕沉溺於悲觀。「痛苦對我不會是太大困擾，因為這是選擇。我最難接受的是，在拍攝的過程中感到絕望跟放棄——不是我自己的，而是被攝者的。」當眾人陷入絕望，平時看似木訥的他就開始耍寶，扮丑角改變氣氛。「我們拍攝常常選擇最邊陲、最看不到未來的地方，可是我們會努力去找希望，就算只有一%也好。」在他人只看見那九九%絕望的時候，楊力州固執地提醒，不要忘記那即便只占一%的價值。「我最大的享受就是，原本被認為是一%的美好在拍攝或影片完成後被放大，成為一○%、五○%甚至更多……那是我最感動的時刻。」

我的堅強來自於願意承認自己的不足，或是懦弱、不安。我相信堅強不是單獨存在，因為那些反向的特質的存在，堅強才會長出來。

不是不在乎票房，而是有比票房更重要更珍貴的東西。這個世界上如果有所謂的傻瓜國，拍紀錄片的人絕對整群入籍，而楊力州不僅是個傻瓜，還是個心軟的傻瓜——涉足他人的生命，從來不是件容易的事，當跨過安全距離成為現場一份子，當陌生人的人生不再陌生，卻一次一次又一次必須中場離席，那簡直如同薛西佛斯的鑑照：「（他人生命的重量）這個問題在我身上，影響非常強烈，每部片都重來一次。」回答時，他聲音的音軌瞬間降速，一個字一個字落下，既是情感澆鑄的沉重鉛塊，也是不斷滾落的巨石。

楊力州稱呼這是所有紀錄片的「原罪」——當一部片拍攝結束，這段關係勢必隨之戛然而止，如果新的故事必須往下進行，那舊故事裡的人呢？觀眾總是渴望知道《奇蹟的孩子》裡的小球員現在長多大了？《青春啦啦隊》阿公阿嬤們還一樣活力四射嗎？

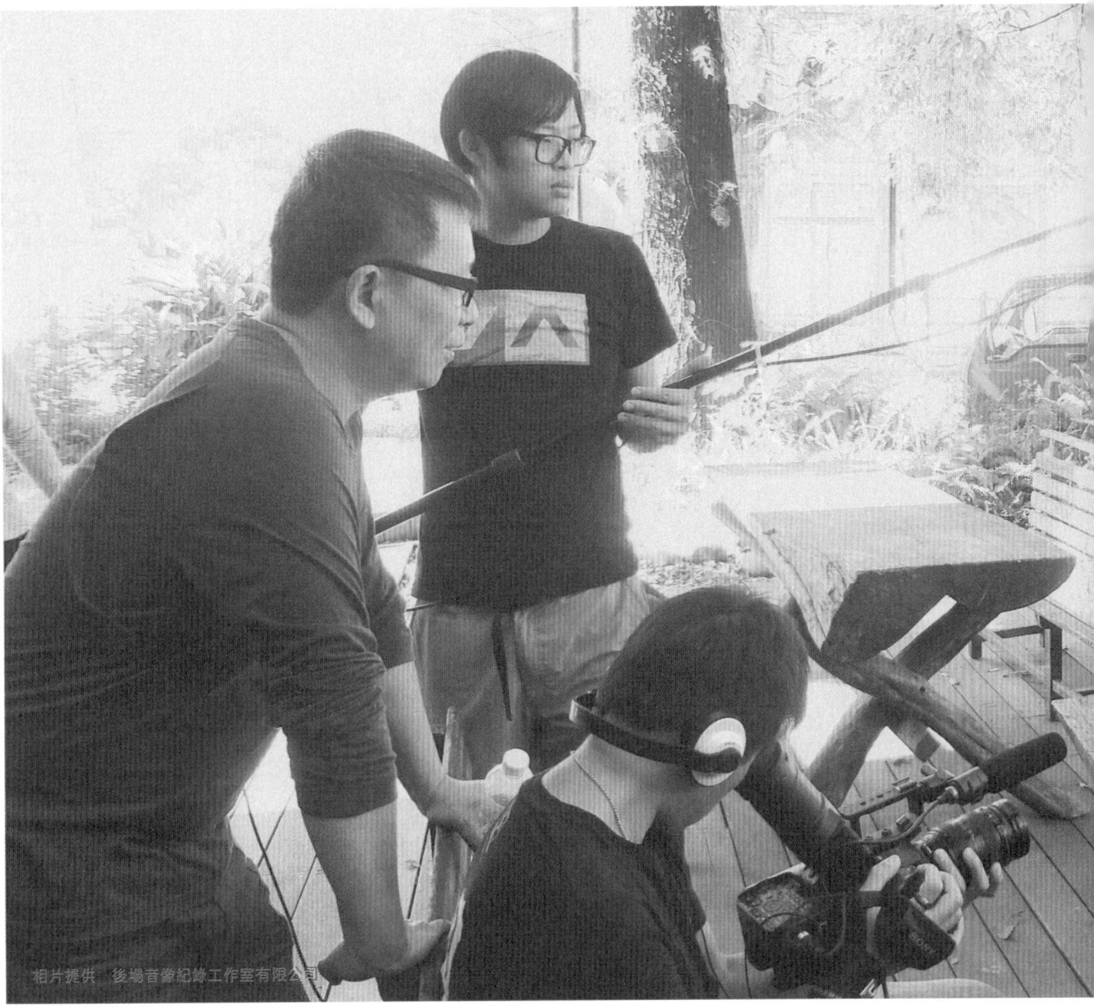
相片提供　後場音像紀錄工作室有限公司

《拔一條河》裡的新住民媽媽過得好不好？但這些懸念卻對楊力州造成巨大壓力：「我可以『做功課』，比如每隔半年一年關心他們近況，有人問我時，就能很流暢的講出來，可是那無法改變一部片子完成後，我們關係就淡掉的事實。」

誠實而勇敢的去面對，去向一群生命說再見，過程非常痛苦，可是他知道自己必須這麼做，讓這件事一而再再而三的發生，因為他的信仰與志業，是希望紀錄片能夠去為世界帶來不一樣，這便是不得不付出的代價。「幸好我的夥伴幫了很大的忙，他們為我拉出『慢慢說再見』的過程，而不是立即告別。」或許是外地出差搶時間跟阿公阿嬤吃頓飯，更新彼此近況，也或許是工作室牆上貼得滿滿的明信片，翩翩運來想念，痛苦不會是一個人的，但正因為不是一個人，便不必獨自承擔。可以容許軟弱存在，讓楊力州在現實人生的殘酷與不可抗力中，維持天涯海角的一絲連結，也讓他的心，有機會多強壯一點點，路就能夠再走遠一點點。

▼

我們問楊力州，對他而言「堅強」是什麼，他說沒辦法直接回答：「我只能展露出『脆弱』，但我相信，讓『脆弱』能站起來的那個關鍵，就叫『堅強』。」創作的生命夠長了，核心的事物更能顯露出輪廓。在不斷尋找答案和反詰自身的交互過程中，發現那些曾經被視為軟弱的、容易受傷、需要守護的，原來也正是讓人之所以為人的力量。「我的堅強，來自於願意承認自己是不足的，或是懦弱、不安的，都是非常反向的特質。我相信堅強不是單獨存在，你必須找到一種讓脆弱站穩的方式，那時候，堅強才會長出來。」

他另一個不變的相信，是電影不曾，也不會脫離社會，於是在風雲動盪

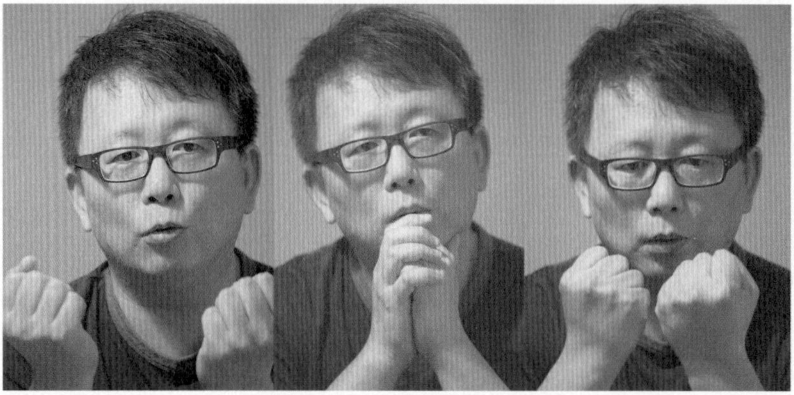

的選舉前哨夜，他交出了《那時‧此刻》，對台灣人民發出訊息：我們更必須沉下心，回過頭來看看我們的歷史：「這對當代是有其意義的。歷史有荒謬的本質，但在荒謬本質裡，仍存在著純粹的情感。」他不經意地總結，沒有意識到，自己講的這句話同樣能完美地套用在紀錄片上。

紀錄片能夠推動世界改變、帶來走向更好的力量嗎？

他相信能，你最好也相信。

▲

楊 力 州

一九九六年開始拍攝紀錄片，隔年即以《打火兄弟》獲金穗獎最佳紀錄錄影帶獎，至今拍攝完成近二十部影片，獲獎無數之外也獲得許多觀眾共感，為台灣最為人熟悉的紀錄片導演之一。受訪時他正進行著金馬獎五十年紀錄片《那時．此刻》的拍攝。

3

黃瑋寧

種籽親子實小校長

採訪、撰文　張靜仁　攝影　李盈霞

——找到彼此理解的方法，就能更美好地成長。

「有沒有搞錯啊，別唬我了吧！」從第一眼看到瑋寧到訪問結束，我心裡就不斷重複這句OS。說她是校長，樣子卻怎樣都跟印象中那個朝會站在司令台、西裝褲頭紮在啤酒肚的中年男子搭不上邊，這種違和感不亞於看到藍波彈豎琴。

眼前這個高　甜美、聲音輕柔的大女孩，感覺不過是個早熟的大學生，但其實已經在種籽實小任教十年，其中當校長的資歷也有五年了。難道她特別聰明、在學校裡特別如魚得水嗎？在傳統教育體系裡留下不少傷痕的她，卻形容自己的人生是「不斷找自己、不斷克服不適應的過程。」

瑋寧用「是個天線很多的人」形容自己。這樣敏感的特質，讓她即使已經當校長許多年，還是忘不了討厭上學的感覺。「從小我就每天都不想上學，一到學校就哭、在校門口就開始吐，搞到畢業後回學校連警衛都還認得我。」雖然把大部分時間花在抗拒上學，但很不幸的瑋寧很會考試（這種煩惱跟我們的差很多）。教室中她覺得自己是滿天月亮中一顆隱晦的六等星，看著窗外，想著自己為什麼被困在這裡；甚至沮喪地覺得「如果我沒有這麼會考試，會不會大家比較能接受我不喜歡上學這件事」。而一路考運亨通地念了第一志願的北一女後，高中數學理化成績跌落谷底，反倒成了瑋寧口中「終於證明我很不適應學校」的連接點。

即使到了自由的大學、懷抱理想讀了教育學系，瑋寧還是覺得學校不適合自己：教授們不像她想像的適合教育、學的東西好像也不是當初想的那樣。直到實習時，瑋寧在台北市的國中當輔導老師……

——面對生活，面對教育，我一直相信要保有三件事情

「對己真實、對人有愛、對世界常保好奇」。

那是學生會突然不見，回來時身上就多了一些傷口或刺青那種學校。而當時才二十三歲的瑋寧最大的目標，就是要讓這群孩子拿到國中畢業證書。完全了解不喜歡上學感覺的她，開始試著用不同方法，降低這群青少年在學校的痛苦；或許也因為這樣，這群凡事以酷、屌為最高宗旨的國三生好像也接受她了。有天學生說「老師，晚上我們要去六張犁打架。」勸阻不成的瑋寧只好跟去。

泡沫紅茶店裡，學生向四面八方集結而來的各校人馬介紹「這是我老師」，看到黑衣老大，瑋寧也只能硬著頭皮站起來握手，之後隨著腦海中的電影情節，鼓起勇氣開口：「這群孩子需要國中學歷，但可以決定他們未來的是你，不是我。」老大看著她，輕輕點了頭。已經撐到極限的瑋寧頭也不回地離開泡沫紅茶店，轉進沒人看到的地方，終於崩潰大哭。

「我這種生活經驗的人，怎麼可能知道如何跟黑道打交道啊?!」從這件事開始，瑋寧體會到教育工作其實是需要不斷地跟不同背景的人溝通、不斷彼此協商。自此，席慕容詩作《如歌的行板》第一句「一定有什麼 是我不了解的」成為瑋寧奉為圭臬的信仰。之後再次回到校園讀研究所，瑋寧更加意識到學術研究中的教育和現實間的差距。畢業後甚至一度想放棄教育這條路，但教授推薦她到正在徵教師的種籽實小（私立信賢種籽親子實小）試試，想不到這一待就是十年。

▼

因為要不停掏出生命的全部精力，有些實驗小學反而是老師會無法適

——這個世界一定有什麼是我不了解的，而也沒有什麼事情是我本來就應該會的，必須不停地去適應、去了解、去學習。

應、流動率高。相對於此，種籽實小的老師大多一待就是五年以上，對瑋寧而言，「摸索」的本質是讓她沒想過離開的原因。「沒有什麼事是本來就應該會的」，種籽這種對孩子「沒關係，你慢慢來」態度，也同樣放在老師身上。

曾經在教育單位的會議中被其他校長半開玩笑地質疑「沒有權威怎麼教小孩？如果廁所壞掉，難道妳自己去修嗎？」瑋寧的第一反應是「對呀，搞不好是我耶。」就像家庭裡不會有工作執掌之分，種籽裡沒有誰優於誰，有能力的人就去做。跟傳統體制內的學校不同，種籽比較像是孩子、家長、老師一起共同組織起來的類學校：大家一起學習成長，也一起解決問題。舉例來說，學生需要校車接送，就是家長自己跟遊覽車公司溝通，校方只負責代收代付車款。

在這樣一個各方想法都很重視的團體

中，難免碰到意見相左。瑋寧身為校長，常要擔任協調的角色。用足夠的熱情迎接挑戰，再整合各方的價值，是瑋寧的不二法門。「我相信人性複雜，也相信協商的力量。只要有足夠的厚度理解人的複雜，就可以處理很多事情。」他們定期舉辦招生說明會溝通種籽價值、學生畢業後大多維持聯繫、甚至長大在國外得獎都歸功給學校，但瑋寧輕描淡寫地說這不過是大家一起不斷趨近彼此了解的歷程。

▼

很多初次接觸種籽教育方式的家長，擔心孩子畢業後進到體制內會適應不良（畢竟種籽是個可以當面跟老師說「你的課好無聊」的地方呀！）瑋寧不改跟她外表完全不搭的帥勁說：「人生本來就是要不斷的適應啊，不然人類社會怎麼變好。」的確，就算就學生涯中考試很順利，也不見得可以克服職場、婚姻、或人生中任何會將人擊倒的挫折。種籽做的，就是給予孩子面對不適應的能耐。而這樣的價值也漸漸得到重視，瑋寧最近就獲邀向新北市所有的校長和教務主任分享種籽經驗。對新世代的教育工作者，瑋寧建議：不一定要漂洋過海，但也不要一直窩在咖啡廳。多了解朋友、多觀察、多對話，教育不能離開生活，生活中不足以體會和理解的部分，「我會用看很多紀錄片來試圖理解。」她相信只有培養出對不同事物的理解力和寬容度，才有能力閱讀下一代、並陪他們迎接未來的世界。

當過討厭上學的小孩、當了老師、校長，現在瑋寧又多了一個身分──媽媽。因為這樣多重身分，讓她可以在老師、家長、孩子之間轉換、溝通。但就像很多職場女性碰到的難題，這幾種角色也會互相衝突。在種籽任教對瑋寧來說需要「整個人的付出」，但她又希望用全副的愛和精力陪伴兒子，因此現階段她選擇留職停薪。這樣就放棄工作了嗎?!我聽到時有點錯愕，畢竟對她來說，放棄理想的工作、中斷職涯都是犧牲。但別忘了，種籽充滿無限可能，學校擁有足夠的彈性去調整人事分配，不因為任何一個個人的狀態改變而造成影響，結果是──現在瑋寧還是校長，負責的工作集中在與公部門溝通、公關、並計畫種籽的未來。不同於一般媽媽在工作VS.家庭的掙扎，瑋寧說「當媽媽的經驗反而讓我成為更好的種籽老師」。

傍晚的陽光灑在瑋寧微笑但堅定的臉龐上，剎那間我出神了。眼前這個穿著藍白T恤、小口喝茶的清新女生，卻這麼強大地堅守在教育崗位上。經過十幾年信仰淬練出的力量，若回到當年的六張犁，或許黑衣老大才要是那個拜託她給小弟未來的人吧。▲

—— **真正難的是要花很多時間搞定自己，找到值得戰鬥的價值。只要找到的話，一切都沒問題了！**

相片提供　私立信賢種籽親子實小

黃 瑋 寧

私立信賢種籽親子實小現任校長，這間由家長發起的學校是一九九四年由李雅卿女士創辦，以自主學習的教育方式進行實驗教學，一切事務皆由家長、教師和學生共同討論、決策，藉由這樣的生活和教學互動，幫助每個學生找到適合自己的學習方式。

WiLL WORK FOR________________。

2010-2014

是時代改變了我們，還是我們改變了時代？

常常我們在國外可以看到遊民手舉瓦楞紙板，上寫「WiLL WORK FOR FOOD」。那麼你呢，What will u work for？我需要你的一句話，告訴我如果是你，你會想在For後面填入什麼字：「WiLL WORK FOR_____」，可以是任何一種語文、文字／句、或許也可以是達不到的期望，我需要你們很厲害的填空，只要是你此時此刻心之所想。 ————— 聶永真.2010/9/22

WiLL WORK FOR_______ .原本是設計師聶永真在facebook上發起的一個克漏字活動，徵得數百位讀者的回應，並收錄在隔月的《cheers》雜誌中。這次我們特別收錄「WiLL WORK FOR_______ .」2010年復刻版，並追加2014年重新徵得的「WiLL WORK FOR_______ .」（並且加入了自轉星球、彎彎和宅女小紅facebook讀者的留言），也許從中我們得以窺知，是時代改變了我們，還是我們改變了時代。

回到開始相信的那一天

05

獲選《誠品好讀》最佳獨立出版社，社長黃俊隆獲選年度注目出版人。

出版《快樂的遠足》、《原來，我的時代現在才開始》。

自轉星球第一位經紀作者彎彎推出第一本塗鴉日記《可不可以不要上班》。

04

2004/10/29社長兼社員兼快遞的一人出版社自轉星球誕生。

創社作《日常vs.荒島的一天》，入圍2006金蝶獎最佳封面設計獎及金鼎獎最佳藝術生活圖書。

自轉星球編輯部企劃

透過閱讀，我們找到了相信的理由

「十年走來，如果把自轉星球的作品一字排開，還要被問『自轉星球的目標到底是什麼』的話，我覺得自己必須反省，代表這些事情沒有被理解和接收到。」

——自轉星球社長 黃俊隆

在自己的小宇宙裡 / 用眼睛 / 看見世界真實的樣子

09

GIVE ME 5，渺小而驕傲的存在——
自轉星球五周年

搬離黃俊隆社長的住辦合一家庭代工廠，移至現今的祕密基地。

慶祝五周年，創出版界先例，於河岸留言舉辦售票演唱會。
以自轉星球為名，贊助成立乙組棒球隊。
宅女小紅成為自轉星球第二位經紀作者。
出版《孫大偉的菜尾與初衷》、《宅女小紅的胯下界日記》、設計師聶永真作品集《Re_ 沒有代表作》
描述自轉星球創社初衷的《在自己的星球裡作夢》、彎彎的家庭主題塗鴉日記《要不要來我家》、彎彎的工作體驗日記《可不可以不要鐵飯碗》。
音樂製作人林暐哲製作自轉星球社歌《夢想》。
正式社員小行星增加至三人。

08

2008 年起有了第一位社員小行星加入。
彎彎推出第四本書，開啟新的旅行創作主題《可不可以天天出去玩》。
彎彎舉辦 15 天 12 場環島感謝簽書會，紀錄片《帶著夢想去旅行》開拍。

07

出版《365G — 2006 台灣不可思議新聞大百科》。
彎彎推出第三本塗鴉日記《可不可以不要上學》。

06

出版《不如去流浪》，獲選博客來年度最佳藝術生活類圖書，獲 2008 年金蝶獎整體美術與裝幀設計獎。彎彎推出第二本塗鴉日記《6868，一起蹺班去》。

相信______

相信生活 ×6
相信旅行 ×3
相信設計 ×4
相信空虛 ×4
相信感知 ×3
相信可以 ×11
相信初衷 ×4
相信夢想 ×3

12

正式社員小行星增加至五人。
推出籌備三年的《練習》雜誌三部曲之頭兩部「一個人」、「在一起」。
出版圖文作家 Fion 強雅貞的《出發・曬日子》。
「永真急制」書系第二本作品，北京攝影師編号 223 同名攝影集《編号 223》，入選紐約知名攝影書店 photo-eye 2012 THE BEST BOOKS。
彎彎推出連載集結作品《可不可以繼續幼稚》。
與台灣在地品牌蘑菇合作出版《在島嶼的角落生起營火》。
推出宅女小紅轉型為勵志作家之作《空靈雞湯》。
插畫雕塑藝術創作者林怡芬加入自轉星球成為第四位經紀作者。
聶永真躋身國際平面設計聯盟（AGI）窄門，成為台灣史上第一位獲遴選進入的正式會員。

11

邀聶永真擔任「永真急制」書系主編。
推出日本攝影師、2014 年木村伊兵衛賞得主森榮喜的第一本攝影集《tokyo boy alone》。
出版《宅女小紅的空虛生活智慧王》。
宅女小紅成為全台專欄量最大，一周七天天天都有專欄見報的女作家。
彎彎推出《轉個彎，怎樣都幸福》。
彎彎獲 Yahoo! 奇摩網友選為「百年來最令人幸福的十大人物」。
年底正式社員小行星增加至四人。
出版部與行銷經紀部正式分為兩部門獨立運作。
出版孫大偉逝世一周年紀念作品《往前往後都是團圓》。
聶永真與台灣 PORTER 聯名推出六款限量包。

10

天真的小事
自轉星球六週年

開啟出版社先例，《帶著夢想去旅行》紀錄片於全台各大院線同步上映。
出版「生活練習所」書系第一本書《花時間，過好生活：單車花店的幸福時光》。
彎彎跨界演出電影《那些年，我們一起追的女孩》，同年擔任歐盟親善大使。
出版彎彎《可不可以不要 NG》和《歐洲 GO 了沒》兩本塗鴉日記。
聶永真加入自轉星球成為第三位經紀作者，出版《FW：永真急制》。
聶永真獲台灣金曲獎最佳專輯包裝獎。

因為相信＿＿＿，所以堅強
B-STRONGER 自轉星球10週年
10th Anniversary

14

因為相信＿＿＿，所以堅強。
自轉星球十周年

《不妥：聶永真雜文集》、《屋頂上》兩書榮獲「2014 金蝶獎——台灣出版設計大獎」榮譽獎。
推出彎彎在自轉星球的第 11 本作品：寵物主題創作《可不可以一直在一起》。
出版宅女小紅的《好媳婦國際中文版》。
出版 Fion 強雅貞的《我想記得你現在的樣子》。
聶永真第二度獲得金曲獎最佳專輯包裝獎。
出版聶永真 2009-2014 作品集《#tag 沒有代表作》。
林怡芬獲悠遊卡公司指定合作，創作「慶祝悠遊卡發行破 5,000 萬張」紀念卡面。
推出《練習》雜誌自轉星球 10 周年特刊，呼應十周年主題，練習「相信＿＿。」

13

推出《練習》雜誌三部曲第三部「說再見」。
舉辦「練習」畢業典禮，發起退出「練習」粉絲團的活動。
林怡芬創作《練習》「在一起」中收錄的廣告商品《同床同夢》繪本。
出版旅遊創作團體「男子休日委員會」的第一本作品《左京都男子休日》。
首開書籍周邊商品先例推出「男子休日旅行包」造成秒殺搶購。
出版攝影師陳敏佳攝影圖文集《屋頂上》。
與華研唱片跨界合作，邀小說家萬金油共同創作，搭配登曼波攝影和聶永真設計，推出歌手林宥嘉音樂小說概念書《我們從未不認識》。
推出聶永真雜文集《不妥》。
社長黃俊隆獲《SHOPPING DESIGN》雜誌「年度影響力人物」；經紀作者林怡芬獲「最佳創作職人」。
彎彎成為首位登上 LINE 付費貼圖的台灣插畫家，貼圖持續熱銷。

自轉星球

成立於二〇〇四年的台灣獨立出版社，目前所有出版書籍皆為台灣本土自製書，除了出版許多台灣圖文作者、平面設計師、插畫家等人的作品，也規劃以全亞洲讀者為對象的出版品。擅長規劃主題系列出版品，曾推出以《練習》為名，「一個人」、「在一起」、「說再見」為主題的三部曲雜誌刊物。此外自轉星球亦為台灣目前唯一同時對作者進行出版以及經紀授權規劃的出版公司。www.facebook.com/rstarbook

因為相信自轉星球，所以堅強。

自轉星球出版品——8種相信的姿態。

自轉星球文化旗下共有四位經紀作者：圖文創作者彎彎、專欄作家宅女小紅、設計師聶永真和藝術創作者林怡芬，他們為何相信並選擇自轉星球？又是如何看待自轉星球出版的各種相信之書？

2005 Start fro

自轉星球第一位經紀作者

彎彎

家喻戶曉的超人氣插畫天后，上班族與學生最佳心情代言人。在平凡生活中找樂子，用漫畫散播快樂，致力於將糗事發揚光大，讓全台捧腹大笑的幸福女生。彎彎部落格開站至今累計超過 2 億 6 千萬瀏覽人次，是台灣現今瀏覽人次最高、第一個破 2 億之部落格。曾榮獲 PTT 實業坊年度最佳人氣網路電台 DJ / 網路偶像第 1 名；2009 年 Yahoo 奇摩搜尋人氣部落格大獎；2010 年歐盟欽點擔任申根免簽證歐遊親善特使，出版歐盟官方唯一指定歐遊指南《歐洲 GO 了沒》；2011 年獲選 Yahoo 奇摩百年來最令人幸福的十大人物。2010 年推出全台首部作家傳記式電影《帶著夢想去旅行》；個人創作在大中華區總銷售累積已突破 150 萬本。

彎彎的自轉 10 年精選

宅女小紅的胯下界日記

前敗犬少女的牢騷、近中年 OL 的逼哀、後青春期文青的假掰。
宅女小紅跨界訴說，600 萬苦悶同胞的心事瞎郎哉。

2014

Q1 對自轉星球的第一印象？

當初只有社長黃俊隆一個人來接洽，他是個怪異瘦弱穿著怪 T 恤的男子，當下很想裝有事回家，還好社長開口後算是個有內涵的人而把我說服了。

Q2 第一次跟自轉星球合作之後的感想？

社長很有想法且要求品質很高，第一本作品（還有貼紙書衣），出版後得到了很大的迴響，就覺得唉呦好像不錯喔！

Q3 為何決定把自己的作品交給自轉星球出版？（相信自轉星球可以……？）

自轉星球的想法很靈活且天馬行空，花招很多又很有梗。

Q4 出書前對自己的作品的想像與期待？

其實事前不會有太多的想像，因為大部分成果都是令人滿意的。（除了有一本但我不方便說……）

Q5 自己的出版作品中最符合初衷／最喜歡的是哪一本？

最符合初衷就是第一本《可不可以不要上班》。現在回去看真的畫得很醜很單調，但那是一開始最原始單純的狀態，一直以來是那個喜歡畫畫分享歡樂給讀者的自己。最喜歡的算是《轉個彎，怎樣都幸福》，因為是第一本比較偏內心想法的作品。

Q6 請推薦一本不是自己作品的自轉星球出版品。

《宅女小紅的胯下界日記》，小紅好會寫小紅好好笑。

自轉星球出品彎彎塗鴉日記全系列 相信可以

要不要來我家

不想上學、不想上班，那要不要來我家？彎彎家族首度齊聚粉墨登場。

可不可以不要上學

每個「不想上班」的人，都曾有一段「不想上學」的過去。

可不可以不要上班

風靡逾 20 萬學生、上班族，部落格天后的創作起點。人手一冊的解悶、抗無聊妙方。

可不可以不要鐵飯碗

時機歹歹，有班堪上直須上，彎彎未雨綢繆之各行各業初體驗全公開。

可不可以天天出去玩

我不是宅在家，就是在前往迷路的路上。超迷糊的彎彎，這次要帶你一起上山下海、飛岩走壁、環遊世界。

6868，一起蹺班去

可不可以不要上班續篇，無法不上班，只好一起翹班去。

轉個彎，怎樣都幸福

彎彎的幸福歡笑圖文集：碰壁了怎麼辦，腦袋轉個彎，心情立刻大轉彎。

歐洲 GO 了沒

六個國家、八座特色城市。跟著歐盟親善大使彎彎走透透，歐洲永遠玩不夠。

可不可以不要 NG

每一次 NG，都是生活完美演出的練習，附彎彎紀錄片《帶著夢想去旅行》唯一官方珍藏版 DVD。

可不可以一直在一起

有牠們陪伴的日子爆笑又溫馨，彎彎寵物主題日記，貓奴生活與狗主心聲大公開。

可不可以繼續幼稚！？

小時候不想上學、長大了不想上班？拜託拜託，讓我們繼續幼稚下去吧！

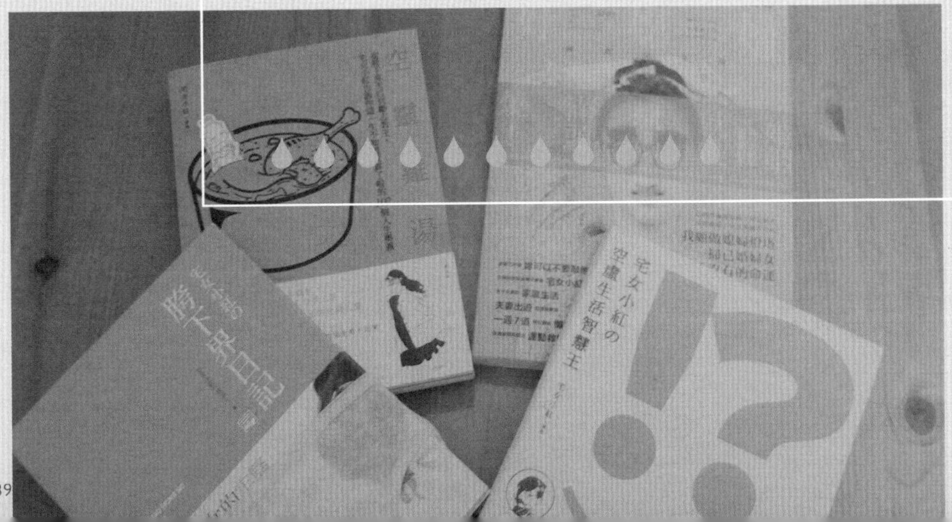

Start from ...2008

自轉星球第二位經紀作者

宅女小紅（羞昂）

是一位喜歡渾噩度日、個性得過且過的中年女子，隱身於工業的內勤OL。專長是講垃圾話和使用 Excel，除了吃麻辣必點大辣之外，人生沒有什麼其他堅持。因為被拋棄於是開始寫部落格，然後莫名其妙出了一本書，接著出了第二本、第三本，令她對出版業感到十分憂心，想不到居然還出了第四本！一路走來從「胯下界天后」變身「勵志教主」，現在又因為成功嫁掉自己而晉身「人妻代言人」，但這些對她而言都是虛名來著，其實奴性很重，最大的願望是永遠有班上！部落格每天吸引近 1-8 萬人次瀏覽，目前累計總瀏覽人次超過 6000 萬人次。

2014

Q1 對自轉星球的第一印象？

彎彎之父。

Q2 第一次跟自轉星球合作之後的感想？

社長對做書方面花錢很海派。

Q3 為何決定把自己的作品交給自轉星球出版？（相信自轉星球可以⋯？）

因為當時在談的另一家傾向把十八禁的內容都刪掉，十八禁不是我的特色嗎？

Q4 出書前對自己的作品的想像與期待？

這題好難，可以撕掉題目紙直接換下一題～～～我一介路人沒想過出書，所以也沒什麼期待啊～～～（抱頭）

Q5 自己的出版作品中最符合初衷／最喜歡的是哪一本？

我外行人對出書其實沒什麼初衷，看到被排版好出來都覺得也太厲害了吧（尊敬），最喜歡的是《好媳婦國際中文版》。

Q6 請推薦一本不是自己作品的自轉星球出版品。

社長寫的《在自己的星球作夢》，因為庫存很多想幫社長清庫存（體貼貌）。

宅女小紅的自轉 10 年精選

在自己的星球裡作夢

1 人公司╳5 年╳15 本書，自轉星球社長黃俊隆創社歷程全紀錄。

這時代沒有英雄，只有渺小而驕傲的存在。

空靈雞湯

從跨下界天后到勵志教主，看宅女小紅如何從敗犬 OL 力爭上游，告訴你這一生不知道就算了啦的 102 個人生奧義。

宅女小紅的胯下界日記

前敗犬少女的牢騷、近中年 OL 的逼哀、後青春期文青的假掰。宅女小紅跨界訴說，600 萬苦悶同胞心事瞎郎哉。

好媳婦國際中文版

第一次結婚就該懂的事，媳婦燈塔宅女小紅推出華文地區首部透視婦女內心、全方位反映主婦需求、撼動百萬對夫妻生活的婚姻開示特集。

空虛生活智慧王

萬事問羞昂，拯救苦悶人生不可不知的 60 個 KNOW HOW。為 2700 萬人指點生活迷津，空虛人生必備生活指南。

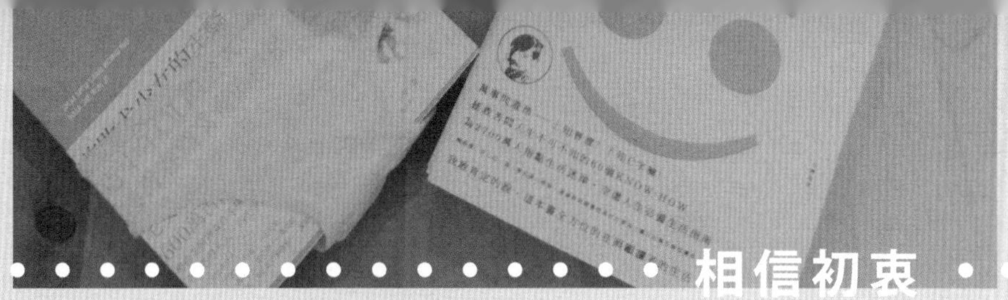

相信初衷

往前往後都是團圓

「往前往後都是團圓，只是不同的對象而已。」孫大偉逝世一周年紀念圖文集。

在自己的星球裡作夢

1 人公司╳5 年╳15 本書，自轉星球社長黃俊隆創社歷程全紀錄。這時代沒有英雄，只有渺小而驕傲的存在。

原來，我的時代現在才開始

18 年的青春歲月，800 張的唱片容顏，蕭青陽的人生故事與唱片設計創意精選輯。

孫大偉的菜尾與初衷

「全力以赴，莫忘初衷」廣告教父的孫大偉 25 年廣告生涯寫作文集。

Start from
..2008

自轉星球第三位經紀作者

聶永真

洛杉磯十八街藝術中心駐村藝術家；第 21、25 屆金曲獎最佳專輯設計、德國紅點、IF 傳達設計獎得主；德國 Hesign 編集全球百間《Small Studios》、APD（Asia Pacific Design）与東京 TDC（Type Director Club）收錄，國際平面設計聯盟（AGI）會員（2012）、德國紅點傳達設計 國際評審（2013）。著有《永真急制》、《Re_沒有代表作》、《FW 永真急制》、《不妥》与《#tag 沒有代表作》。主編統籌《tokyo boy alone》(2011，森栄喜著，東京)与《編号 223》(2012，編号 223 著，北京)。永真急制工作室負責人。

2014

Q1 對自轉星球的第一印象？

黃俊隆的臉，宅男出版社（拮据感）

Q2 第一次跟自轉星球合作之後的感想？

第一次合作是《荒島的一天》那本書的邀稿，我純粹扮演交稿跟被催稿的角色T_T。合作感想是該本書的編輯概念在那個年代挺有趣、這樣的企劃好像會賣。

Q3 為何決定把自己的作品交給自轉星球出版？（相信自轉星球可以⋯？）

相信自轉星球可能是一個甘願付得出較高印刷成本的出版社，而且沒有傳統出版社太過牢固呆板的結構；另覺得自轉在書的選編與企劃上sense好。

Q4 出書前對自己的作品的想像與期待？

想像作品具有自由的樣態；從一開始的想像到出書後的結果幾乎零誤差。

Q5 自己的出版作品中最符合初衷／最喜歡的是哪一本？

我都喜歡。

Q6 請推薦一本不是自己作品的自轉星球出版品。

《不如去流浪》。

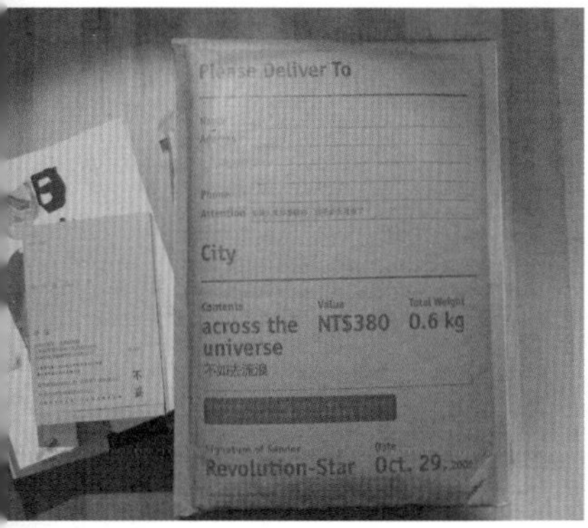

聶永真的自轉 10 年精選

不如去流浪

由多位創作者詩、小說、歌曲、散文、裝幀設計組成。
《homesick》+《homeless》兩冊，附贈書籍配樂專輯：《在流浪的路上》（李欣芸）

相信感知

相信設計

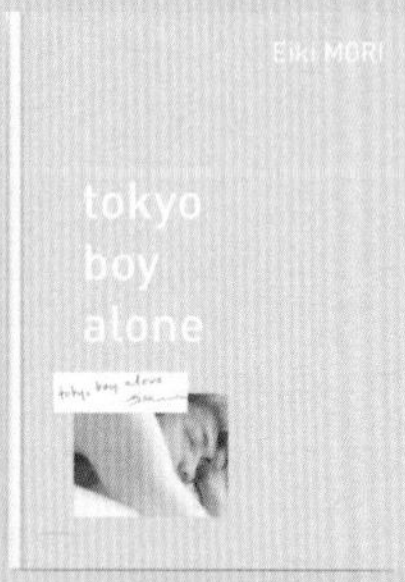

tokyo boy alone

意識到孤獨存在是因為我們有機會能夠對比擁擠。
聶永真選書、主編、設計，日本攝影師、2014 年木村伊兵衛賞得主森榮喜第一本攝影集

編号 223

這些都是我們生命裡直接而自然的狀態跟樣子，但是我們泰半都覺得不好意思。
聶永真選書、主編、設計，中國最受矚目的獨立攝影師編號 223 第一本攝影集。

FW 永真急制

誰沒有過去。不斷被 FW 的聶永真第一本文集新版。
重回 2001 年夏天，一個設計師初出校園，設計生涯大躍進的決定性時刻。

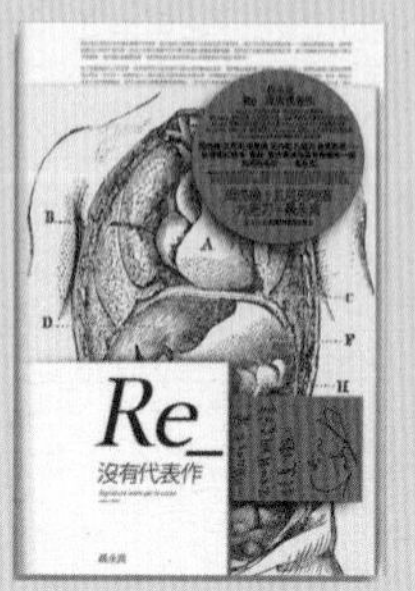

Re_ 沒有代表

人生永遠不會有代表作。
收錄聶永真 2002-2009 間 100 件設計作品和 14 篇散文。

#tag 沒有代表作

每一個需要被理解的聶永真符號，每一次他的名字被標記的理由。8 位國際級設計師共同側寫、萬字訪談，2009-2014 間百件設計作品收錄。

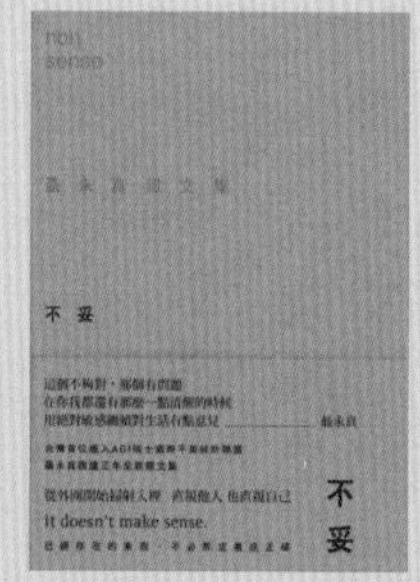

不妥——聶永真雜文集

已經存在的東西，不必然定義成正確。聶永真 50 篇雜文選集。

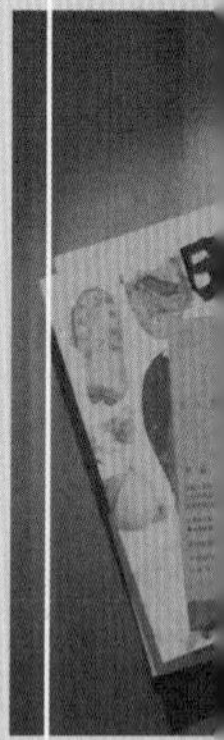

相信夢想

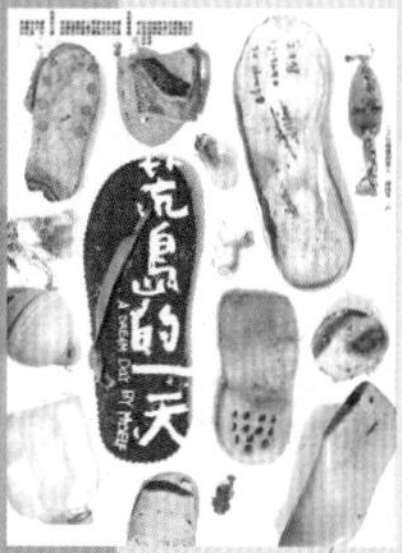

荒島的一天：30 位傳播創意人現實與理想的一天

如果可以，你想帶本什麼書，什麼 CD，到怎樣一個理想國度，度過怎樣的一天？
30 位各界傳播創意人的生活創意，60 天現實與狂想交錯的精彩生活。

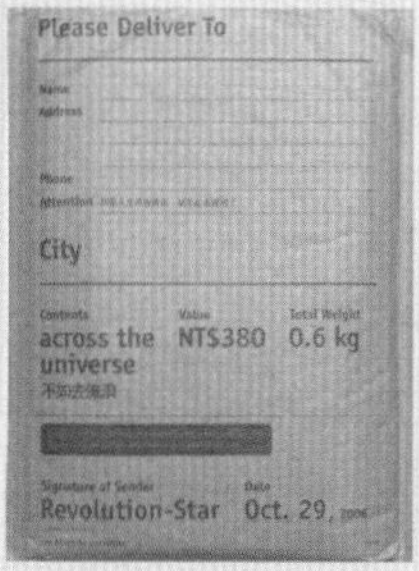

不如去流浪

由多位創作者詩、小說、歌曲、散文、裝幀設計組成。
《homesick》+《homeless》兩冊，附贈書籍配樂專輯：《在流浪的路上》（李欣芸）

屋頂上

攝影師陳敏佳的人像攝影計畫，他原本只是想記錄身邊的朋友，最後卻記錄了整片土地。36 組人像攝影、36 次重述被忽視的個人價值、36 幅台灣天際線的變化實錄。

我們從未不認識：林宥嘉音樂小說概念書

12 組轉角錯身的悲喜劇主角
12 首在回家路上吟唱的歌曲

文本林宥嘉 × 小說萬金油 × 攝影登曼波 × 設計聶永真，一場華麗的集體創作演出。

Start from ..2012

自轉星球第四位經紀作者

林怡芬

1997 年畢業於東京 DESIGNER 學院。創作方式有繪畫、立體雕塑、圖文隨筆等。作品收錄於日本玄光社《ILLUSTRATION》年鑑中。繪本《橄欖色屋頂公寓 305 室》獲行政院金鼎獎最佳插畫獎。圖像作品跨及各界，從出版物、報章雜誌、電視、大型商業空間、食品包裝、藝術商品至品牌時尚活動等。另著有《小狗花花想回家》、《十二味生活設計》、《同床同夢》。她的作品中在在展露對生活細微情感的表達，以及她極欲推廣的內心永遠的純真狀態：「乙女精神」。

2014

Q1 對自轉星球的第一印象？

個性中同時帶著文藝與詼諧、勇往直前繞著世界卻也不忘自我的，轉個不停的自轉星球。

Q2 第一次跟自轉星球合作之後的感想？

可以很有耐心的與作者奮戰到最後一刻。

Q3 為何決定把自己的作品交給自轉星球出版？（相信自轉星球可以…？）

相信自轉星球可以將自己心裡想的很模糊的書的樣子，在現實世界裡完整呈現出來。

Q4 出書前對自己的作品的想像與期待？

希望讀者能從自己作品中得到他所需要的。

Q5 自己的出版作品中最符合初衷／最喜歡的是哪一本？

每一本。

Q6 請推薦一本不是自己作品的自轉星球出版品。

《在島嶼的角落生起營火》。

林怡芬的自轉 10 年精選

在島嶼的角落生起營火

在地品牌 Boody 蘑菇的第一本書。十位蘑菇導遊、九個大陸文青、台灣各領域創意生活實踐者，每一個在角落追尋自我價值的個體，一點都不孤獨。這段旅程，將改變你我看這座島嶼的方式。

相信旅行

出發．曬日子

Fion 的南法生活手帖。旅行，是一種媒介，出發，是一個動作，旅途經驗的延展，叫做「日子」。曬風景、曬街道、曬小物、曬生活！每一個日子，都值得好好地曬。

在島嶼的角落生起營火

在地品牌 Boody 蘑菇的第一本書。十位蘑菇導遊、九個大陸文青、台灣各領域創意生活實踐者，每一個在角落追尋自我價值的個體，一點都不孤獨。這段旅程，將改變你我看這座島嶼的方式。是一個獨立完整的 campaign 概念。留念一段美好的回憶，每一次，每一天，都是生活完美演出的練習。

左京都男子休日

旅遊創作團體「男子休日委員會」的第一本作品。高野川以東，今出川通以北，以及，生活的原點。你的生活是我遠道而來的風景，在左京，找到理想的休日。

相信生活

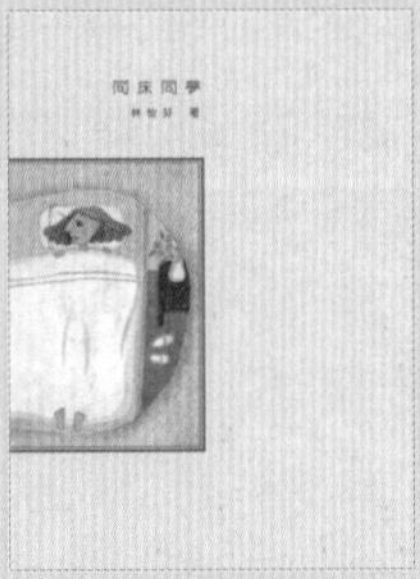

同床同夢

林怡芬繪本，睡在一起，心卻沒有在一起？精心企劃情侶、夫妻最想一起完成的×個夢想。《練習》「在一起」雜誌廣告商品實體化。

花時間，過好生活

每逢星期五午後，Jasmine 在淡水河岸的單車花店，販賣著你我對美好生活的想像與實踐，更在花與人的邂逅傳遞間，寫下一篇篇溫暖故事。

我想記得你現在的樣子

圖文創作者 Fion 強雅貞第一本親子生活日記。一千多個離鄉生活的日子裡，因為每次孩子們的笑臉，以及院子裡寒冬過後春芽紛冒的感動，她重新建立起了一個心歸屬的地方。

練習三部曲

練習一個人、在一起、說再見。人生是一段反覆練習的旅程。練習三部曲是 2009 年初開始進行，是一個獨立完整的概念，也是一場對於百花盛放的媒體生態及真實人生的反思實驗。留念一段美好的回憶，每一次，每一天，都是生活完美演出的練習。

to be continued.....

日常信念

Fion

林怡芬

cherng

P's Big Ideas

關於「相信____。」這件事，我們也許可以不必想得太過隆重。在每一天每一刻支撐著我們的，極可能是某種微小卻堅定的念頭，也許是貫穿理想生活的一種體悟，也許是日常習慣中的一個轉念，又或許是在人生道路上，對自己設下一點獨到的期許和堅持。

三位圖文創作者Fion、林怡芬、cherng，用自己獨特的觀點，分享了他們在生活中的小堅持。

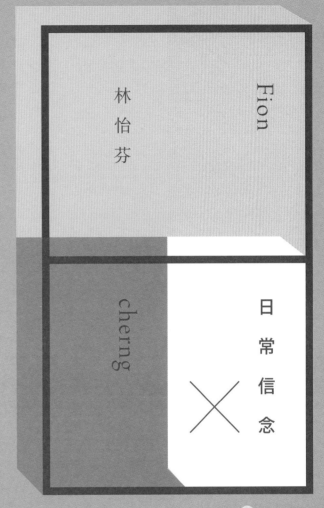

日常信念

Fion ╳

大地色的圍裙日記

楓葉轉紅、南瓜盛產、核桃紛落，肩上披上一件薄外套，唇齒像是啟動了年度定時設定，知道一定得記得預定整瓶滿是愛情的、yoko做的白蘭地栗子醬。

花了三年的時間，我從一個活在快速城市的孩子，漸漸習慣於當一個慢調節奏的人，也因為慢了下來，心裡漸漸明白，不論東方或西方，生活共同的基礎皆來自於土地與人群。Eat Local，是讓身體與大地接近最直接的方式，我依賴著太陽、泥土、種籽、芽心、初長、抽長，重新找到別於以往的自己，走過迷惘、不安、盡量維持著心的透明，相信透明便能折射希望……

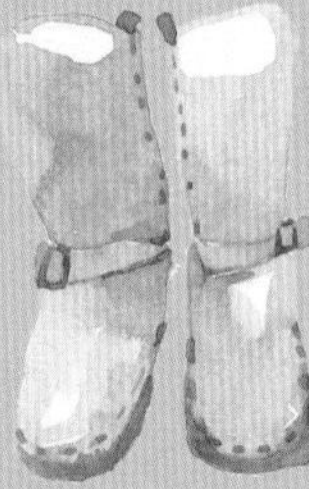

PECAN

核桃的果實裡，有一層黑粉狀的物質，融水混合，是很漂亮的天然染劑，手心抖抖白色棉布，在秋天的柔陽下，浸染成漂亮的古典褐色。天氣好的時候，常仰著頭在心裡跟核桃樹爺爺說些話，我和樹，像是共同生活在一家園的份子，對話是生活儀式，每次最後一句總是「謝謝」。我謝謝年年的紛落、謝謝帶領生命前進的節奏，還謝謝它是一管天然的限定顏料。

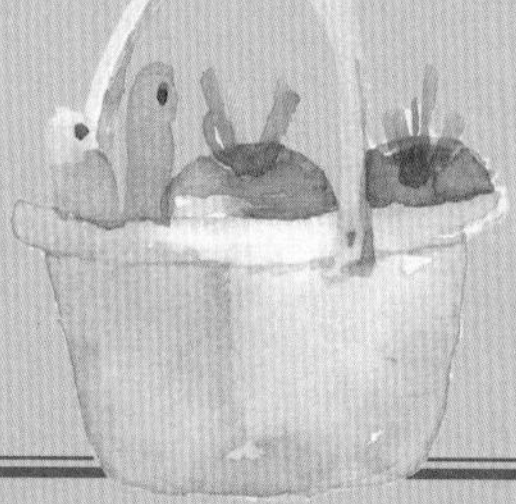

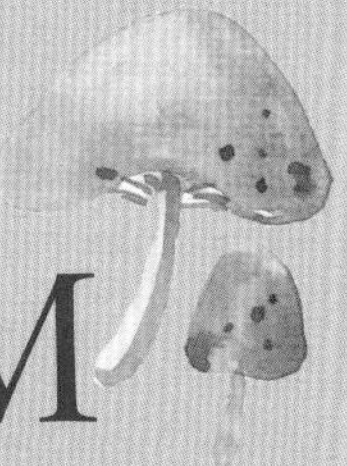

MUSHROOM

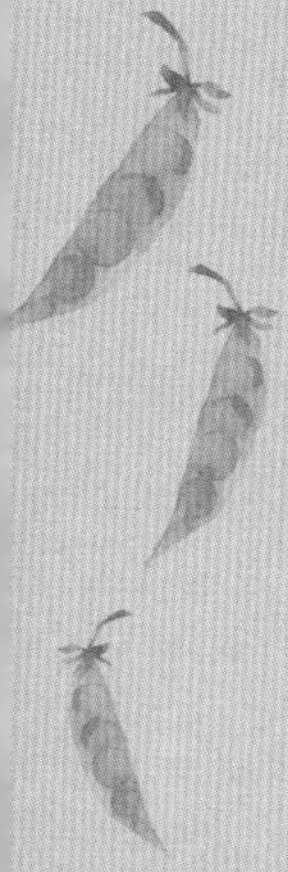

賣菇的農家說：「這回家不用洗，擦一擦就可以，香氣才不會流失」，那麼我們再剪一把綜合香草，半顆大蒜切碎、半顆洋蔥切碎，橄欖油先炒香蒜＋洋蔥，放入香草，最後放入香菇炒軟，加鹽和黑胡椒調味、一兩滴檸檬汁提味，此時香氣最甚的炒菇菌，就是冰箱裡必要的常備菜。

PUMPKIN

一位年邁的奶奶說：「南瓜是花園裡最友善的夥伴。只要撒下三顆南瓜籽，澆些水，那橙紅圓圓的胖小子，會用飛行的速度前進到你的花圃」。兒子幼稚園的老師，幾乎是自給自足的家庭，他們家的南瓜，聽說是年年都可以送去比賽誰最大的好孩子，老師拿著尖尖的刀錐在南瓜皮上刻了表情，帶著孩子在南瓜上作畫，刻痕的傷口會癒合，但線條依舊留存，且會隨着南瓜漸漸長大，畫作表情也跟著變大，她說孩子們好喜歡這樣的驚喜。

我喜歡南瓜頭頂捲曲蔓延的細莖更甚於圓圓的身體，他們帶給我視覺上的快樂，一點都不輸給浪漫的葡萄藤。你要知道，南瓜湯裡若有香菜和椰奶的提味，你的南瓜湯會成一道口耳相傳的祕方。

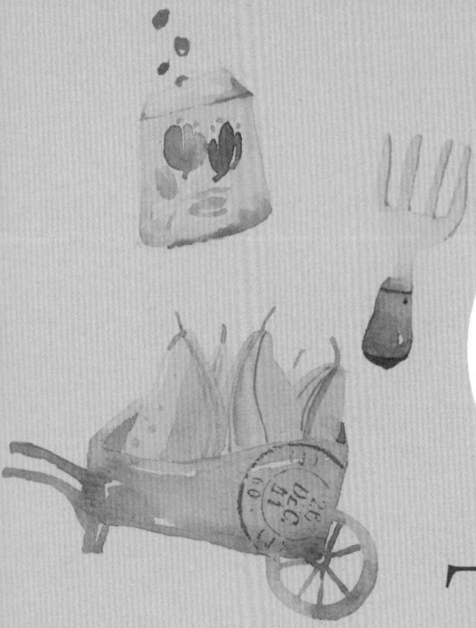

TULIP

城市北邊，有間轉角花店，專門販賣球根植物和種籽。寬口的玻璃瓶裡裝滿不同顏色的球根，瓶蓋上綁了紅色的緞帶，是去年無意間發現的溫暖禮物。秋天是埋下它們的好時機，於是，曾經想要一田紫黑色鬱金香的想望，在今年的現實生活裡落實了。手掌捧著因為悶在玻璃瓶理而沾上溼氣的球根種籽，喃喃祈禱「你們要好好地順利開花噢」，像是母親期許孩子那般，心頭滿溢堅信。儘管沒有把握它們是否抽芽，時常的觀察與除草，便是我能給的照顧。

寒冬來臨時，人們靠着火爐和毛衣取暖，我的心頭卻常揪著在外頭冰冷泥土下的種籽，「這麼冷你們是撐得過嗎？」天氣寒冷得都不再打開後院的陽台，好幾次，都快忘了鬱金香的事。

就在外頭粉紅色櫻花吹雪之際，那一田安靜許久的泥土，冒出翠綠的抽芽，母親臉上堆滿笑容，像是聽見孩子叫的第一聲「媽媽」，喜上心頭。

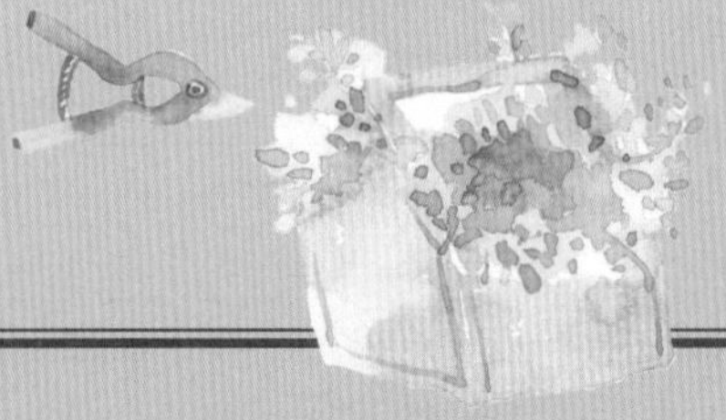

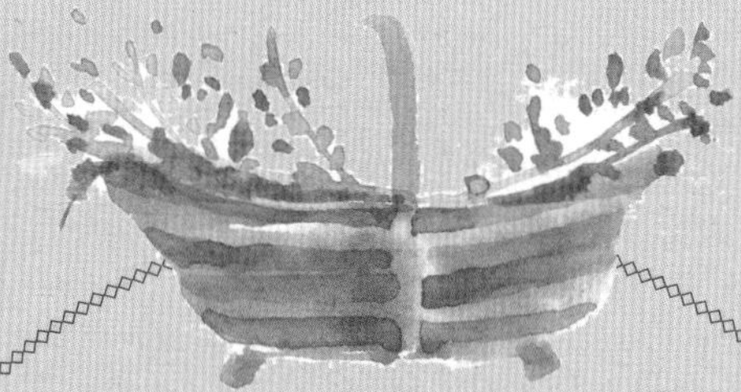

如果盈綠春天花園裡，那些慌張地怕來不及綻放的紅橙黃花，是對生命軌跡的肯定，那麼，年末蜂擁而至的大地色彩，那些環繞在圍裙之間的花草種籽，就是我在秋天埋下的一種對潛能的相信。

在土地與人們間，我在我的花園和廚房日復一日，彼此都相信彼此是忠實的生活伴侶。如同我們總是相信，明天的早晨一定會來，結果總是如此實在。

FION

本名強雅貞，很會想像，很會織夢。著迷JUNK STYLE生活物件，矢志在地球城市之間流蕩發現會心角落。目前的新家在紐西蘭。著有《我想記得你現在的樣子》、《出發．曬日子》、《雜貨talk》、《就是愛生活》、《換個峇里島時間》、《一直往外跑》、《遇見臺北角落》、《臺北．微旅行》等，並於2011年成立同名品牌「fion stewart」。

糙米飯的生活觀

林怡芬

前幾年身體有一些狀況時，有個朋友建議我將每天必備的白米飯改為糙米飯。

剛開始調整時很不能適應，尤其我又是那麼愛吃米飯的人。在我記憶中的幸福景象就是：母親呼喊著「來吃飯了。」當我們到餐桌前，看到了母親親手烹煮的家常菜，再配上那一碗不可或缺的、冒著熱騰騰白煙、粒粒猶如珍珠般滑溜的白米飯，這就是我理想中幸福餐桌的畫面；也因而不自覺地在心裡覺得糙米飯好像有種配醬瓜吃的寒酸模樣。要改變自己幾十年的吃飯習慣，著實不是件容易的事。

而那位建議我吃糙米飯的朋友十分用心，也知道要改吃糙米飯並且持續下去不是件容易的事，所以送了我一本書叫《自然療法》。《自然療法》是八十幾歲的日本老奶奶東城百合子所寫的，這本書從四十年前出版到現在，已經印了兩百多刷，依舊廣受歡迎。書中老奶奶鼓勵食用天然的植物，以回到最接近自然的生活方式，來治療各種疾病。老奶奶特別鼓勵餐餐回歸到古時以糙米為主食的生活方式，她認為這樣才適合東方人的體質，與身邊的自然和平共處，也才是健康之源。

除此之外，在台灣倡導自然療法的醫師，同樣也提到了糙米的好處，我這才真正認識了糙米為何物。原來糙米是白米還沒去皮與胚芽之前的狀態，一般白米飯為了口感好而將皮和胚芽去除，但其實也去掉了大半的營養，特別是對人類身體重要的維他命B。

日本知名的作家宮澤賢治，一生創作了許多動人的童話作品和詩本。他短暫三十八歲的生涯中，在病床上仍寫下日本的小學課本中人人必讀的詩《不懼風雨》（雨にも負けず），詩中我們看到了宮澤賢治認為身為人該有的處世精神與態度。而宮澤賢治跟糙米飯有什麼關係呢，因為《不懼風雨》這首詩是我的座右銘，在我人生逆境時，給了我重要的支持與努力的方向。而在《不懼風雨》詩中第二段，「有強壯的身體，沒有慾望，不輕易發怒，總是帶著微笑。一天吃四合糙米、味噌，和少許的野菜，對世間事不要先入為主，分辨清楚明白後，不要忘記道理。」連敬愛的賢治也這樣強調糙米在生活中的重要性了，我更應該要徹底從內到外好好地修正才行。

幾番研究後，我發現糙米飯要好吃，首先是一定要讓糙米醒過來——煮飯前得讓它泡上三個小時左右。洗米時不能嘩啦啦地沖水，而要用弱一點的水流，慢慢地由內而外劃圓撥動，如同禪修的儀式。烹煮的方式，當然是以傳統木炭燒窯的烹煮方式是最為推薦的，但在現代忙碌生活中，大多數人可沒有辦法用古法烹煮了，代替方案是將陶鍋放到壓力鍋內烹煮，米煮熟後再倒入木製大容器中均勻攪拌，讓米飯更香更Q。

前陣子學做麵包時也發現，米飯和麵粉都是活的，裡頭含有的菌種在每分每秒都不斷地成長變化，這件事讓我感動不已，領悟到自己經常想偷懶取巧，但其實眼睛看不見之物，也蘊含著許多意義存在。我發現，這世界上所有的自然之物，如何對待他們，他們就會給我們同質的回應，只要我們靜下心來細心的觀察，就能感受得到。

在用心好好學習烹煮糙米飯的方法後，我發現糙米飯真的變得更香更甜，在這日日飲食的改變之後，讓身體變得更有能量，也更能帶著感恩之心對待萬物了。

林怡芬

繪畫、立體雕塑、圖文隨筆創作。作品曾被收錄於日本玄光社《ILLUSTRATION》年鑑中。繪本《橄欖色屋頂公寓305室》獲行政院金鼎獎最佳插畫獎，另著有《同床同夢》、《小狗花花想回家》、《十二味生活設計》。林怡芬的作品中在在展露自身對生活細微情感的表達，以及她極欲推廣的內心永遠的純真狀態：「乙女精神」。

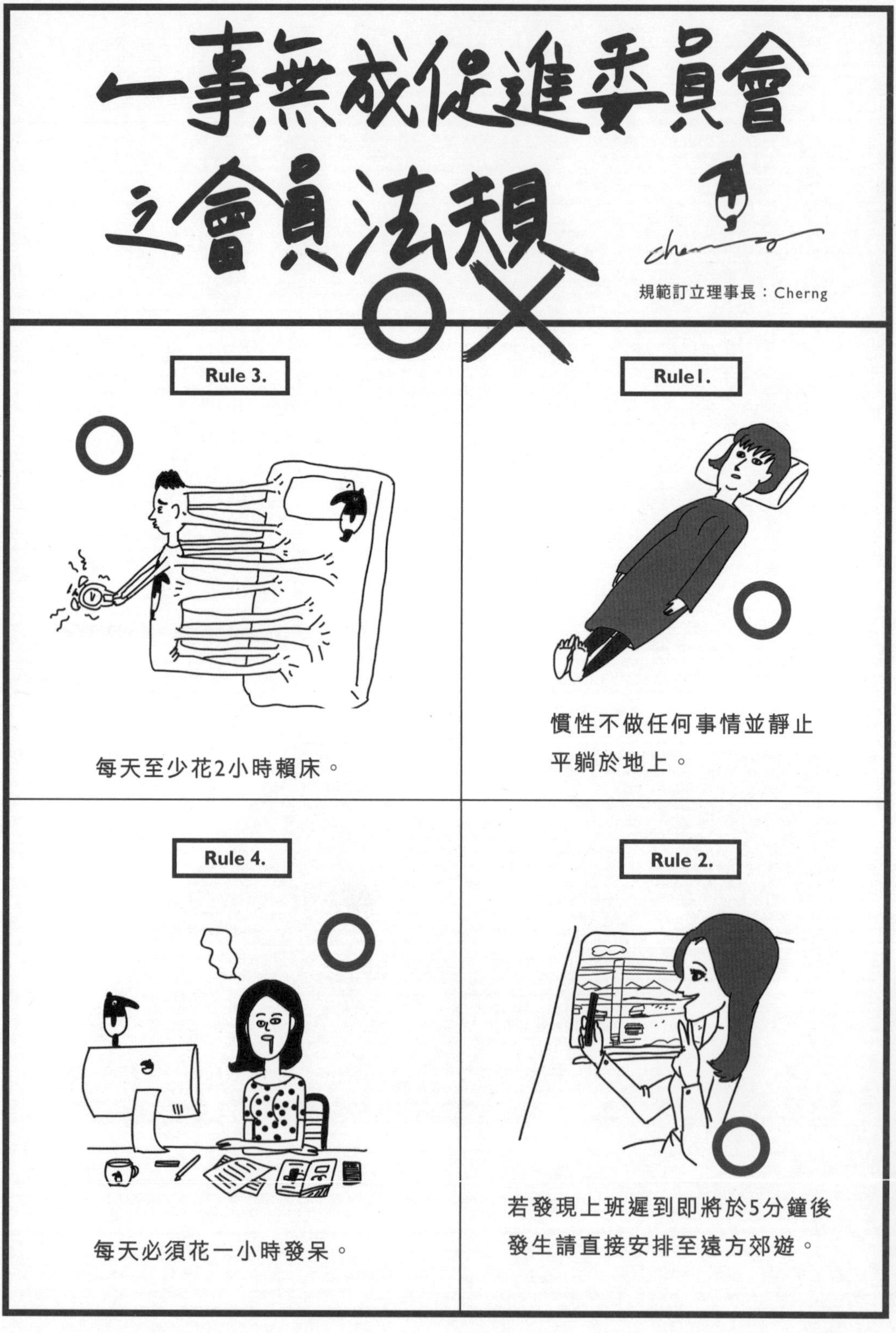

一事無成促進委員會
之會員法規
cherng
規範訂立理事長：Cherng
Rule1.
慣性不做任何事情並靜止
平躺於地上。
Rule 2.
若發現上班遲到即將於5分鐘後
發生請直接安排至遠方郊遊。
Rule 3.
每天至少花2小時賴床。
Rule 4.
每天必須花一小時發呆。

Rule 7.

當很多人要找你的時候，將手機藏至自己無法輕易取得之處。

Rule 5.

遇到挫折要毫不猶豫地半途而廢。

Rule 8.

睡眠第一優先。

Rule 6.

長期收看Cherng之粉絲團。

Rule 9.

就算自己可以完成的事情，仍必須請別人協助完成。

Rule 10.

若發生了稿件交不出來之情形，請立即刷一張單程機票（愈遠愈佳）。

以下嚴禁

禁止與積極正面的人當朋友。

禁止節食。

禁止收看勵志之書籍。

禁止每日沐浴。

禁止因為怠惰而感到不安。

CHERNG

台灣插畫史上最知名黑白動物創作者，因在Facebook上分享馬來貘主題插圖而走紅，並且有了馬來貘的別稱。以其圖像延伸發展的周邊商品推陳出新，並屢創插畫家異業跨界合作新紀錄。著有《不實用生活百科》和《超現實期末報告 — 有關童話的18條祕密考究》。

all You need is

keep...

practicing

P's Room

瑪莎／蔡素芬／萬金油／陳綺貞

（名字順序依照內頁篇幅排列）

相信的練習

我們都會記得生命中每個重要時刻聽過的歌曲，

時常想起那幾部跟我們一同成長的長篇故事，

對生活中的事物感到懷疑時，讓我們閱讀，

我們企圖捕捉瞬間，當時間的流逝觸動心中最柔軟的所在⋯⋯

all You need is

keep...

listening

Yesterday

by

Paul McCartney

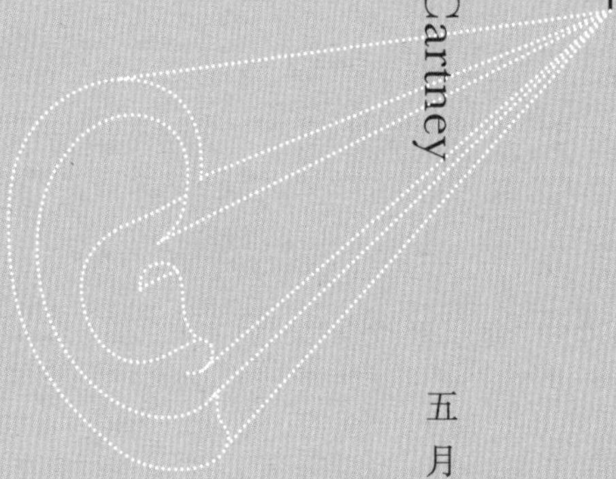

五月天 瑪莎

偶爾靜下來的時候，回頭看看這個世界，我總會不知道還可以相信什麼。

驚悚的真實印刷在報紙上是渲染過的頭條，謊言在電視裡被張牙舞爪地說得像是真理宣告。貪婪的既得利益者無所畏懼，人前卑微人後卻喊著不夠還要。虛偽的政治利益者無視人民，急著走自己的步伐踩著的卻是民意的屍體。除了努力生活著之外，你還得更努力地生存著。想著每一天該怎麼做才不會做錯的時候，也才發現這世界其實早就要你將錯就錯別想太多。你還來不及改變世界，就要先努力著別被這個世界改變。你沒有夢想，因為連做夢你都快要沒有時間。你沒有自己，你甚至分不清楚內心的自己和網路上你所用的那個代號的界限。

每個人活著都需要去相信某樣東西，那是你靈魂的泉源和依歸，是你未來存活的目標和方向。不管那是宗教金錢偶像或是思想，只要你願意相信，無論世界多糟生活多孬往日艱難未來多舛，你都會有往前走的力量。這樣的相信只要時間久了，根深蒂固，當它成了你靈魂的一部份的時候，它會成為你的信念或是執念。

曾經，我天真地相信音樂可以改變這個世界。

即將面臨大學聯考的那一年，租了個約莫三坪左右的小房間在學校附近。房間沒有對外窗，而夏天的夜裡總是悶熱不堪。對於上大學的意義充滿疑問的自己，總是在深夜伴著廣播啃讀著教科書，不滿且懷疑著這些死板的課本到底可以把自己帶到什麼樣的明天?!某天的深夜，廣播裡傳來了The Beatles的Paul McCartney的聲音。開頭隨性地刷著吉他，並解釋著和弦的進行，聽起來比較像是錄音室裡試唱的demo。接著他唱起了第一句歌詞：「Yesterday~all my trouble seem so far away……」

那是收錄在The Beatles發行的《Anthology2》唱片中，Paul在錄音室裡試唱的demo版本〈Yesterday〉。和後來錄音室版本不同的是，這個版本段落較短，也沒有製作人George Martin後來編寫加入的弦樂四重奏。只有Paul刷著的木吉他，還有他的歌聲。

忘記那時的自己正在念哪個科目，但唯一記得的是，我停下了所有動作，一字一句怔怔地聽完。兩分多鐘的歌曲結束，慢慢地回過神，發現自己掉了眼淚，索性痛哭了一場。

就像你聽過的〈Yesterday〉，那天聽到的版本其實沒有多特別，甚至相較於加上了弦樂四重奏的原版本，它赤裸得像是個睡眠不足在清晨醒來的素顏女子。這首歌不是背負著什麼遠大任務的抗議歌曲，沒有批判指責反諷嘲弄國家政府或是這個社會制度。它也不是那種非要你誠實地面對自我的反省歌曲，沒有自溺呢喃顧影自憐的哲學性自問自答。但也許就是因為它如此簡單：因為那美得不可思議的旋律和粗糙卻直接的編曲，因為歌詞直白且沒有修飾的感傷，然後在那個深夜就這樣擊潰了一個高中聯考生脆弱的靈魂。

我想像著那個寂靜的夜晚全世界都同時聽見了這一刻的這首歌，我想像所有人都像我一樣停下了手邊的工作而深深被這首歌感動。這傢伙只用了一把木吉他和幾個和弦，可是卻唱了一首全世界幾乎都聽過的歌曲。這傢伙的樂團已經解散了幾乎三十年（現在快五十年了），可是他們的音樂到今天都還在改變這個世界。

也許那時自己真的太天真，也許那個樂團改變了這個世界只是我個人的一廂情願，但至少那個晚上的自己就這樣被改變了。痛哭一場過後，對於聯考和那些枯燥無趣的教科書我不再有任何怨言。我下決心好好唸書考試，不管考得如何，自己都想要認真地走上音樂這條路。因為音樂是如此美好，如果每個人都願意認真地感受聆聽，我一點也不會懷疑音樂可以改變這個世界。

但這幾年過去，偶爾靜下來的時候，回頭看看這個世界，很坦誠地說，我很難再說服自己可以相信音樂真的可以改變世界。即使那些音樂仍然擁有「真誠、善良、和美麗」，在每首歌裡蘊含著音樂家們生命中提煉出的苦辣酸甜。即使我們生活仍然少不了音樂，即使那些音樂仍然讓我們感動落淚。只是音樂雖然美麗動容，但世界依然不為所動。

我還記得當權者令人憤怒於它的我行我素和自大自我的時候，偶然聽見了Radiohead的〈No Surprises〉輕輕唱著「You look so tired unhappy, Bring down the government, They don't, they don't speak for us」，那無力的感覺像是終於有人理解安慰般地感動和抒發。

即使Michael Jackson已經過世數年，直到今日不管聽見誰唱〈Man in the Mirror〉，我都會感動於這首歌擁有的人文關懷，然後被激勵著一切改變都要從鏡中的自己開始。

看著《小王子》的故事想要提醒自己保持著赤子之心，但理解了歲月和這個世界卻偏偏不是也不能用這樣的方式運行，我會因為聽見Arcade Fire在〈Wake Up〉唱著「Now that I'm older, My heart's colder, and I can see that it's a lie」而熱淚盈眶。

感覺沮喪的深夜裡，Velvet Underground的〈Pale Blue Eyes〉總是可以讓我減緩我的呼吸，慢慢隨著甜美的電吉他掉進Lou Reed的嗓音和他迷離的三角戀情裡去。也許我會因此而更覺得沮喪憂鬱，但越是痛著的同時也彷彿被它治癒。

Oasis的〈Champagne Supernova〉讓我在耳朵想要吉他音牆的刺激時給我最好的麻藥，除了帶你上了外太空，也好像帶了你走過了一場迷幻的美夢。夜裡Blur的〈Tender〉讓我相信愛是世上最美好的事物之一，沉穩的節奏加上教堂福音式的和聲，讓殘破的情殤可以被溫柔地包紮。

我仍然會記得在U2的演唱會上聽見所有不同語言國籍的歌迷一起合唱著〈One〉的感動，好像你以為歌詞裡原本遙不可及的理想國突然可以在這一刻就這樣被實現。Lou Reed的〈Perfect Day〉雖然沒什麼遠大的理想抱負，可是有時候完美的一天要的真的不多，只想要有你在身邊，可以不用做什麼特別的事，因為你讓我忘了自己，讓我以為我是別人，是一個好人。而最重要的是，「You just keep me hanging on」。

聽見林強十幾年前的〈現代的老百姓〉，看著現在的眼前的台灣，我仍然會因為歌曲唱到「希望咱攏會凍出頭天，做給別人看的起，會凍自由說話，無人冤家生氣。台灣有自由的空氣，台灣有熱情的人情味，台灣有現代的老百姓」時跟著哼唱而紅了眼睛。原來屬於希望的，不知為何似乎漸漸成了奢望。看著艱困環境下卻仍然努力樂觀生活的人們，只希望有天真的有能力改變這一切，讓每個人都得到他們的幸福和尊嚴。

羅大佑在〈未來的主人翁〉裡唱著「每一個來到世界的生命在期待，因為我們改變的世界將是他們的未來」。自己的年紀正是當時他這首歌所說的「未來的主人翁」，可是這麼多年過去了，他在歌裡控訴的似乎也不可逆地成了今日的寫照：「我們不要一個被科學遊戲污染的天空，我們不要被你們發明變成電腦兒童」。

張楚的〈上蒼保佑吃完了飯的人民〉讓我學著在諷刺中看待自我，同時也認清自己在這個熙攘的社會制度中將可能會是什麼。張艾嘉的〈我站在全世界的屋頂〉總是讓我聽著的時候提醒著自己，詩意地說著孤獨的需要和心裡深處沒有人理解的恐懼。「看月亮的時候，不能戴著眼鏡，在陽光之下，不能流淚傷心」。

傷心無助時，我還是會因為蔡藍欽的〈這個世界〉而感到安慰，因為這首歌簡單直接而優美，因為還有人告訴你這世界並不像你說的那麼壞。你還有一些方法可以讓這個世界變好一點點，只要一些關懷和所有的愛。

小時候聽到李壽全〈張三的歌〉其實沒有感動也不太明白，可是現在的自己光是聽著副歌「我們要飛到那遙遠地方看一看，這世界並非那麼淒涼，我們要飛到那遙遠地方望一望，這世界還是一片的光亮」就感覺哽咽。旋律的悲傷和歌詞的鼓舞形成如此美麗的反差，像是強忍著恐懼悲傷鼓起勇氣給孩子承諾的希望。用溫柔的堅強安慰著你的失望，用平凡的夢想帶領你找到明天的方向。

靜下來的時候，再回頭看看這個世界，我不知道我可以相信什麼。沒有辦法相信電視上的政客所說的承諾，也沒有辦法相信媒體如耳語般不負責任地傳播。有這麼多美麗而偉大的音樂在我出生前就誕生，但這麼多年這世界仍然充滿了令人失望的事件。我懷疑音樂可以改變今天和未來，我也懷疑音樂是不是可以改變世界。可是因為這些還有許許多多美好的歌曲，它們給了我啟發和撫慰，也給了我信心和憑藉，給我解答讓我知道該如何面對這世界太多的不完美，給我生活除了賴以存活的柴米油鹽之外還能有些許娛樂和安慰。

我會相信音樂，這是種信念，像是信仰一般，你知道那些音樂會在各種不同的時候給你樂趣甚至救贖，你也會知道真理就藏在那些你感動且珍愛的音符和詞句的字裡行間。從貝多芬到馬友友，從李宗盛到陳奕迅，從披頭四到Oasis，不管是在演唱會現場或是你的耳機，無論世界多糟生活多孬往日艱難為來多舛，我會相信音樂，相信它會讓我找到安慰和答案，可以踏實向前。

如果你也會這樣想，也許有天，音樂真的可以改變世界。

我願意試著相信，會有一天，「And I think to myself, What a wonderful world」。

— listening —

瑪　莎——音樂家

超低調的貝斯手（他的FACEBOOK這麼介紹自己）
高中開始玩樂團，後來幾個同學組成「五月天」。自音樂、搖滾軸線拉出與我們分享的生活感言。

all You need is keep...

writing

長路通向小說的幽境

蔡素芬

小說到底是什麼魔力，讓一個創作者可以投注畢生的精力（如果他持續創作的話）在這項技藝裡？對喜讀小說的讀者來說，可以終生維持讀小說的嗜好，必然也是在閱讀中著魔一般的，讀完一本又期待另一本。

所有的小說創作者，先必須是小說讀者，他才知道小說是什麼面貌，才能被那魔力吸引，一步步走入幽境，並深深樂在其中，為尋找一個通向幽境的路徑，歷經路上風光。

創作可以說是營造了這個風光，使之打通一條路，走到一個目的地。我從矢志寫小說，便是闢徑尋路，每一部小說都想抵達一個在起始點無可預測的遠方，最終來到的地方離想像也許很近，但也總在最後一刻才得見全貌。而仍有一個最遠的所在，最想抵達的地方在某個地方，不知道終其一生能不能到達，不知道會不會在某個轉彎處，對那地方有了更新的想像。

從二十年前出版《鹽田兒女》，我以為這是一段路了，得另闢新徑導覽不同風光，但幾年後，《鹽田兒女》第二部《橄欖樹》也出版了，路徑蜿蜒而去，途中有不同景緻，以為那裡便是盡頭，卻是在二十年後，又來到了不一樣的風光，《星星都在說話》做為第三部，歷經二十年才走到路的末端，豈是當初能夠預料？而現在武斷的說就是它了，不會再有第四部，但歲月會不會把人的思緒又拉回這條闢好的路徑一路再延伸下去，似乎也只有歲月知道了。唯其寫完第三部的此時，我確知到此為止。因為情感必須割裂。

一直在追尋斷弦的瀟灑，雖是三部曲，但這三部以各部來看，主題走到最後是獨立不再多言了。然而三部串連起來，有一種感情幽幽流竄，是生命的河流不忍截斷，過彎與分岔處都能各自奔流滙向人生的大海。相關的人物以三部鋪排，又顯然追求瀟灑之外有斬不斷的牽掛。

我自己也很難說明為何會動念將十六年前《橄欖樹》中出現的人物再接續下去，將書中的年輕歲月，與作者一同年輕，一同中年的來到中年階段。

應該說，凡是寫過的人物在書寫的當時都投注了相當的感情在他們身上，雖然已成書，但人物仍在心裡，在某個時機點我會想起他們，以及他們留在書中未完的故事。數年前的某一日，我在機場遇見彷如年輕時日友人的側影，欲尋卻不得，與對方失散在機場匆促的人影晃錯中。我便想起曾經書寫的那些年輕人，如果有中年，他們的人生會再交會嗎？這姑且算是一種癡妄的想法，但何嘗不是現實的投射。在現實生活中，我們曾經相遇又離開的人，一生中也許還有機會見面，也許沒有，小說想交代的，也是這種曾經的相聚曾經的分離。現實人生當然是複雜的，不會只是某人曾出現在生命裡或可不可能再出現的單純選項，人生還有更多的社會因素影響一個人的命運。從年輕到中年這個青壯年階段，人生的方向和基石差不多是該底定的，那麼是什麼因素使方向底定，什麼因素使那基石可以成形？做為與書中人物同一代人，我想藉小說談談我這一代人所經歷的社會變動和影響人生方向的價值觀。當然書中所代表的是同代人的某一種類型，它不可能也沒有能力做為典型代表，但可以是有海外經驗的人在大環境下所面臨的處境的抽樣呈現。而那個大環境應可以找到普遍的共相與記憶。沒有錯，我喜歡在大環境中找到小人物的命運，或者說，由小人物的命運去反映出時代特性。

《星星都在說話》便是我這一代人所經歷的社會，所面對的問題，取樣於對留在國內或居留海外的價值抉擇，尋路這一代人與前一代人共同走過的日子，怎麼來到了今日。許多的細節需要抽絲剖繭的考慮，以平淡的日常生活處理複雜的時代改變，刻意避免政治的銳氣，但政治寓意實在其中。

如果我們不進入政治核心感受風暴，那麼我們都是在外圍受其氣流影響而可能東飄西蕩。書中那位寫社論的父親，和男主角晉思，飄向了什麼地方而找到了什麼位置，也是反映了在政治現實下的價值取向。

說到底，小說是為了反映現實，《橄欖樹》中的青年，叛離身分的晉思成為最適合演繹這個政治現實與身分隱喻的人物，透過他的命運與抉擇我希望也能帶動一種思考，經歷千帆後，人生若還有一個缺口要補，那麼什麼是那缺口呢？

人生情感是說不盡的，小說也沒有試圖要去說盡什麼，面對現實的巨變，我們都薄弱如蜉蟻，只在最大的可能範圍內努力活出自己想要的人生。許多小部分人的努力會繪出一個時代的樣貌。做為小說作者，是一名當下時代的舞墨者，以現有的顏色繪出心靈感應的圖像，滙入時代的圖像氛圍。

然而創作畢竟是很個人的，《紅樓夢》開卷詩：「滿紙荒唐言，一把辛酸淚，都云作者癡，誰解其中味？」已說盡了創作者利用自己的人生經歷建構起來的虛構世界，有著極個人的情感投射。在那通往詮釋情感的路上，曲徑幽幽，亦行亦尋，作者看向眾人也看向自己。

歷經二十年，完成《鹽田兒女》三部曲也是一種癡念，執意路的盡頭可以發現什麼幽境，姑且算是考驗自己有沒有能力把長路走完，能不能將情感接上，與曾創造的人物，在現實與虛構交幻間營造令人低迴、激情或惘然的情調。人生可以負荷、不可負荷的，以小說呈現，是相信那裡有答案，創作者必須探向幽境的迷魅深處。

writing

蔡素芬 ——— 作　家

寫作生涯三十餘載，一九九三年以《鹽田兒女》獲聯合報長篇小說獎，並改拍為公共電視開台戲劇，後來又於一九九八年出版《橄欖樹》、二〇一四年出版《星星都在說話》，三本小說內容以同一家族裡不同人物和經歷反映了不同世代的社會處境，成為創作歷時二十年的三部曲鉅作。本刊特別邀請她分享漫長創作過程中，身為小說家的種種心境和堅持。

all You need is

keep...

reading a novel

按摩枕

萬金油

。

這枚按摩枕的橘色外皮號稱透氣高科技織布，裡頭起伏的滾動機械是人工智慧晶片操控模擬真人指法按摩。按摩枕配備三段變速，除了模擬不同力道之外，還外加紅外線光能治療。

包子的頸子躺在枕子上，她只覺得背頸一片溫熱，一手拿著說明書，才讀了透氣高科技織布幾個字，便沉沉入睡。這陣子，醒著的時候都煩，只有睡著的時候才能忘記一切，她極易入睡，一睡便掉入黑色深淵，連夢都沒有。

煩的不是工作，雖然公司的同事都是些傻妹，但基本上人畜無害，最熱衷的不過就是辦公室團購和男女聯誼，包子當然已經喪失後者的資格，她已經結婚八年，老挖是她大學時就交往的男友，雙方家世清白，人格尚不至於嚴重缺陷，四肢完整，沒什麼理由不結婚，於是就結了。

凡是「沒有什麼理由不做」而去做的事最隱藏危機，這正是她煩的事。

各種婆媳關係、婚姻外遇是歷久不衰的八點檔素材，包子熱愛各種俗氣的戲劇節目，不管是多俗爛的情節，她也能在電視前跟著放聲大哭，老挖只是笑她傻，然後遞上面紙，只不過，包子已然不記得，從什麼時候開始，老挖已不陪她看電視，甚至連哭泣也不再遞上面紙。感情的轉變可以是緩慢的愚公移山，也可以是一夕翻臉的土石流。

包子像所有八點檔的傻妹一樣，追問自己：是什麼時候開始的？怎麼我都沒發現？

老挖年輕時，背受過傷，天冷時，背像是被一支冷椎子插在上面，他習慣找附近的一家推拿。那天，推拿師傅回老家，他忍了好幾天，包子看他在家總是苦著一張臉，坐也不是，趴也不行，撥了幾個電話問公司的傻妹同事，傻妹工作時是傻的，但對於各類情報是不傻的。傻妹同事告訴她，離她家十分鐘的車程，有家推拿，老師傅工夫好，這幾年，換了小女兒在接手，兩人輪流看診，老師傅手藝沒話講，小女兒嘛，漂亮囉。女同事意味深長，意有所指，然後三八八在電話那頭笑得花枝亂顫。

她把地址交給老挖，要他下班自己過去，還告訴他，師傅的女兒很漂亮，你可以試試。一種女人故作大方的刻意俏皮。

接著，事情就發生了。

那是在峇里島的旅行，世道艱難的小夫妻，一年當中唯一的「小確幸」就是在廉價航空的網頁上來來回回關注價格的變化，然後擠出一週CP值高的旅程。這一年，廉航直飛峇里首航只要一千元，老挖在訂房網找到只要半價的豪華VILLA，一切是這麼順利，他們好久沒那麼順利了。

婚後，他們想要生孩子，卻苦等不到，檢查都沒有問題。老挖工作預計幾年內能升主管，怎料遇到金融風暴，公司沒死也半條命去了，人力整併裁撤，原內定他接的位子被砍了，共體時艱，薪水也被打了八折。包子跟人做了直銷賣按摩枕，花了幾十萬買的貨全堆在客房裡，那間本打算做小孩房的房間。

否極不見得泰來。白沙藍天的濱海VILLA不見得就是小夫妻應許的幸福之地。老挖說，我們就到這裡吧。

「什麼到這裡？不是都來了，明天要去烏布啊。」包子不解的反問。老挖沉著臉。「你背又痛了嗎？要不要找VILLA的按摩師，我們住宿有八折優待。」

「我跟別人……在一起了。」老挖站了起來，像連續劇演的那樣，竟然背對著她說出了這樣一句話。包子來不及反應，只覺得他站起來，走到陽台，背對著她結巴說了這一句話，非常滑稽。

碧海、藍天、白沙海灘，把一個失速的婚姻困在這樣的地方無疑就是阿鼻地獄。搭的是廉航，班機無法更改，烏布呢？不去了。他們也無心再整理行李，就延長數日困在這座華美的VILLA裡。

現在想起來，她已不記得這段日子怎麼走過來，甚至那段峇里島的回憶，她只記得最後的幾天，兩人各自出門，然後回房，她每日在沙灘閒晃，逛藝品店，最後她買了一組柚木沙發、二個大型五斗櫃，一件比人還高的傳統木雕，還有好幾大袋的各種工藝品。

老挖看著堆在VILLA廳堂的貨品，沒有反應，轉頭問包子：「這要怎麼帶回去？」包子帶著微笑把玩手上買回來的小件木雕，狀似滿意，卻回說：「不要了，丟了吧。」她漫不經心走回房去，卻發現自己邊走邊掉淚，真的結束了。

關於離開，她只記得這些，一旁觀看且見證這起分離事故的旁人不經意還提醒她，她曾經是如何抱著老挖的大腿求他別走，她曾經是如何失控在夜裡尖叫大哭，鄰居因此報了警，她曾經如何在大雨的夜裡騎車漫無目的騎了三個小時，直到機車沒油丟在路邊，她一人失意在街上漫走，淋了一身，大病一場……

那些瘋癲的行徑，成為親友們的談

資，他們總不在她面前說，她也真的忘了，便索性當做這些事從沒發生過。但有件事，她是記得的，或許是這件事止住了她的瘋癲。

她拿到一名婚姻諮商師的電話，那位教徒朋友告訴她，可以先跟諮商師談談，也許會有幫助。這個時代，婚姻諮商師大多是教會派駐，這大抵也反映了這個社會對婚姻的看法，婚姻成為一種宗教，只有信不信，沒有幸不幸，世上無解的問題最後都交給了宗教，而此刻的婚姻問題層次已經拉高到與生死一樣難解，於是一起交付給宗教。

電話那頭的諮商師，是個上了年紀的女性，咬字有些南部腔，句子尾帶著喉音，聽起來很親切，跟包子當時設想像播音員的字正腔圓有落差。諮商師問她要見面談嗎？包子回絕了，

「先電話談談。」

包子把老挖的事從大學相戀開始講起，鉅細靡遺，諮商師不時插話表示意見，那些意見像恐怖漫畫裡，會無止境自我繁殖增生的怪物。一個故事繁衍另一個故事，一個煩惱餵養另一個煩惱。包子覺得自己像是掉入一個沒有止境沒有結局，不斷奔跑的夢。說到後來，她已忘了前面說過什麼，煩惱是什麼，在這場對話裡，她好像不是為了解決煩惱，而只是努力把自己的故事說完而已。

她已不記得說上多久的電話了，諮商師說，老挖只是一時迷惑，會回頭的，只是需要時間，她要包子不要吝於表達自己的感受：「妳要讓他知道，妳做的一切就是為了讓他快樂。」

「我現在要做什麼？」

「妳就只有等待，帶著愛包容他，等待。」

「如果，他真的離開這場婚姻會比較快樂……」

「不會，他不會比較快樂。」

「妳怎麼知道？」

「這是基督的教義，神教導我們要相信……」

包子結束了電話，覺得輕鬆許多，這是一種把煩惱一股作氣講完的快感，像游完一千公尺，腦子還亢奮著，身體卻疲備不堪。她掏出那個賣不出去的按摩枕，靠在肩頸上，拿著一張說明書才看沒幾眼就恍恍惚惚睡著了。

她做了一個恍惚的夢，諮商師問她：

「我們約下次商談的時間吧。」

「不，我們不會再見面了。」

「為什麼？諮商沒用嗎？」

「不是，我不能再談下去了……」

「為什麼不能談？」

「我怕……再談下去，萬一發現我根本就不愛他，那要怎麼辦？」

包子突然驚醒大哭，她沒有再找諮商師，幾個月後簽字離婚。

她只是需要一面鏡子把自己照出來，但她不清楚最後照出來的是什麼模樣，如果留在這場婚姻裡，她必時時刻刻逼問鏡子裡的那個答案，與其如此，不如讓那個疑惑一直留在彼端。

◎

老挖的新女人是做按摩的，按摩這事像是一種痛苦的轉移，被按者把痠痛轉移到師傅身上，常有一種民間說法，按摩師傅會避按客人的頭蓋骨，因為會把身體的病污全吸了進去。甚至在盲人學校也流行一種說法，如果是半盲的人不要做按摩，視力會愈按愈差。

江湖術士的流言老挖是不放在眼裡，他和新女人年紀差了一輪，捨不得她工作結束後疲累的模樣，他到百貨公司挑件按摩椅，當作是給她的生日禮物。他一張一張試躺，這幾年他也耳濡目染，認得幾個人體穴道和肌肉分布，只要坐上個十來秒，他便能分辨按摩椅的好壞。

和這個女人在一起之後，他便不再按摩，即便背上的舊傷狠狠發痛，他仍忍著。他怕按摩的時候想起了前妻，話雖這麼說，他讓身體痛著反是另一種想著前妻的方式，他把身體的痛當成背叛妻子的代價，讓身體受點痛，心裡才會好過些。

但這並不代表新生活是不快樂的，年輕的女人說什麼話都是有意思，他們有談不完的話，說不完的事，彷彿是前世註定相認的夫妻。他常摟著女人說：「為什麼我們要浪費這麼多時間才相遇呢？」說起俗氣的對白，老挖一點也不害羞，他以為這是他一輩子追尋的快樂了。

對於前妻到了後來，只有名份的義務，已然沒有感情，至於何時起了變化，他是怎樣也說不準。也許可以從包子的身材說起吧，年過三十之後，包子發胖的速度比發酵的麵團還快，某日早起，他見她露出半截的肚子，有股作嘔的感覺。他也受不了她動不動就哭，看個電視也哭，被公司主管刻薄幾句也哭，哭到他都認為，這是她的武器，一名弱者以自己的弱點為武器，任誰也沒有辦法反擊，他痛恨這種關係。

那次背痛，前妻丟了一個號碼過來，說是有名的推拿師傅，結尾還加上一句：「有漂亮美眉按喔。」故作俏皮的玩笑話聽來做作，又像是在取笑老挖：「我就是看你什麼都不敢做。」

和她在一起並不是不快樂，但也沒有特別快樂，認識太久了，就只是生活的陪伴，沒有情感了，在二具皮囊之間是空的，沒有任何連繫。也許有孩子會好一點吧？會嗎？不見得，老挖認為，婚姻會變質就是會變質，多了孩子只是掩耳盜鈴，騙騙自己而已。

那一晚，他並沒有到前妻給他的那個推拿店，他也不敢上任何風化場所，只是開著車瞎繞，看了一家門口擺了兩隻木雕大象的按摩店，他就停車走了進去。不知為什麼，他就是不想成為一個可以輕易被掌控和預測的人，在這場婚姻裡，他們彼此太熟悉了，彼此都是對方可以掌控和預測的人。老挖也一如包子所預測，不敢出入太複雜的場所，所以才走進這家看起來沒什麼客人的泰式按摩店。

老挖原只是想出出這口氣（向誰出呢？），違背妻子的意，走到這家店，沒想到在這裡遇到他生命裡的新女人。她才剛滿二十，渾身散著鮮肉的氣味，鮮肉說什麼都鮮，老男人（老挖並不老，但對新女人來說就是老）說什麼，鮮肉妹都能被逗得咯咯笑。那笑聲某程度上的意義，跟女人的叫床沒有兩樣。

留了會員資料，老挖還不確定會不會來第二次，沒關係，鮮肉妹會給你機會的。先是三天兩頭，傳簡訊問候，這次的服務還滿意嗎？回去後有比較舒服，比較好睡了嗎？第二次，第三次，第四次，來的次數愈頻繁，老挖大哥，你要不要買個回數券，這個比較划算啊。老挖做的是工程，對數字很專長，低頭閃過幾秒，是划算許多，還稱讚鮮肉妹會做生意又替他著想。

人的身體最誠實，也最會說謊。就像狗每回吃肉的時候都聽到鈴聲，久了聽到鈴聲就流口水。身體誠實的流口水，還順帶叫心跟著一起流。

什麼事都沒發生，但什麼事也都發生了。他們不過牽了牽手，一起吃吃飯，親暱吻了幾回，老挖卻耐不住心裡的內疚。

那是他們難得的度假，他看妻子笑得幸福，他不忍心，每看一回妻子的笑就像是在嘲笑他的背叛。他知道不該在這樣的時間提這樣的事，卻還是提了，他曾經百轉千迴想保住的祕密，卻這樣輕易的說出口。他手足有些無措，只好像電視劇一樣，急忙站起來背對著包子，說他和別人在一起了。說的時候，還結巴，雙腳抖個不停。

這個婚姻沒保住。親友事後不諒解，為何在那樣最快樂的場合提這樣的事，這對妻子是何等傷害？說到底，老挖還是老挖，那個一貫單薄、怕事膽小的男人，不敢做什麼大壞事，壞得不徹底，承擔不住那一丁點的小內疚，連這點委屈內疚也捨不得自己受苦，而當外在的幸福感愈大，他便更容不下內心那一點點芝麻大的內疚。於是，像去找按摩師傅的患者一樣，把痛苦轉移出去。

他挑了最貴的那張按摩椅，這是給這個跟他沒名沒份的小女人的補償，他對這女人也是有欠疚的，但比起欠疚，他寧願去花大錢，說起來，他最捨不得的，還是自己受苦。

◎

女人躺在沙發上午睡，肩部不斷跟著機器起伏。老挖拿著搖控器，才轉上幾台就沉沉睡去。夏日的週末午後，去哪都熱，女人還在鮮肉的年紀時，會吵著出門，現在鮮肉已到了肉脯的年紀，不管天熱不熱，她也只想好好睡個覺而已。按摩畢竟是耗體力，女人這些年老了許多。

電視突然滅了，冷氣也停了，時間像是靜止了。夏日跳電後的十五分鐘，老挖的額頭隱隱冒出汗珠，他緩緩睜開眼，眼角被一個景象給嚇醒了。女人的腰間露出了半截腰肉，女人憨睡的樣態像極了前妻。

他帶著怒氣搖醒沙發上的女人，發現她肩上墊著東西：「怎會有這個？」

女人被叫醒，有些下床氣：「就儲藏室放的那幾個沒用的機器，不就按摩器嘛，用一下，不行嗎？」

老挖知道那是前妻當時做直銷剩的囤貨，他以為全丟了，沒想到房子裡還壓著幾個，也不曉得是真的忘了，還是下意識把這些東西藏起來。老挖不高興，板著一張臉。女人嘖了一聲：「不過是個破機器，用一下是會死人嗎？」把按摩枕往地下一甩。

老挖不聲不響站了起來，他昔日的鮮肉妹已不再為他的笑話而發笑，生活的本質就是損耗，損耗物質，損耗青春，損耗人與人的關係。女人又罵了：「說幾句就那種臉，委屈嗎？我跟著你就不委屈嗎？」他不記得和這個女人的關係何時變成這樣，一如他不曉得與前妻何時走到不可挽回的地步一樣。和這個女人的關係，一如當時與前妻之間，兩具皮囊之間，空晃晃沒有任何情感的牽絆，所有的情感都耗損了。

前妻曾告訴老挖，有位婚姻諮商師說他即便跟別的女人在一起，一定也不會比較好。他此刻有些明白了，所有的關係註定是損耗，最終只有空闊一片而已。

他走到了陽台邊，夏日炙人，陽台上的九重葛開得正豔，他以極細小的聲音背著身跟那女人說：「不如，我們結婚吧。」如果所有的感情都註定走向一無所有，那跟什麼人在一起也不重要了，人生大多的時候都是這種談不上快樂，也談不上不快樂的時刻。快樂是沒有底限的，永遠有比快樂更快樂的關係和人，你追求不不完的。

他在豔陽天下，想起那年在峇里島的前妻，他們走過豪華的VILLA，妻的沙龍被迴廊的九重葛割破了。這個沒頭沒尾的小事，現在回想起來，竟引他微微的發笑。

一瞬間，他明白愛情與婚姻的不同，愛情終有消耗完的一日，而婚姻是生活的累積，他需要在空無一物的兩人關係裡，重新拿起一些芝麻綠豆小事去填補它，比如像沙龍被九重葛割破這類的小事。

女人聽到男人的求婚，有些熱淚盈眶，但她不曉得他百轉千迴的體悟，也不必曉得了。

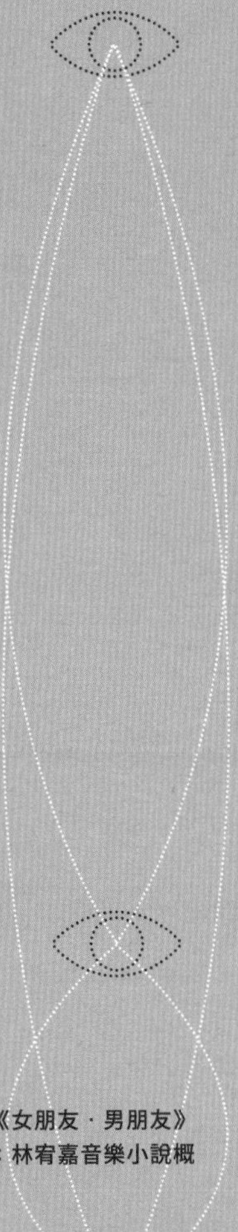

萬金油 ——— 作　家

任職媒體，有三隻貓。著有《越貧窮越快樂》、《女朋友．男朋友》改編小說（與楊雅喆合著）、《我們從未不認識：林宥嘉音樂小說概念書》（與林宥嘉合著）。

all You need is

keep...

picturing

一次

陳綺貞

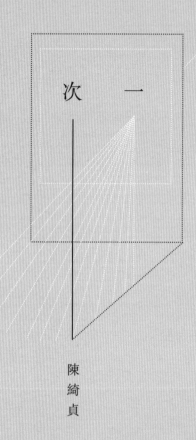

溫德斯出版過一本攝影集，書名是《一次》。他在書上淡淡的放上照片，淡淡的寫幾個字。我很喜歡這個書名，攝影曾經是，繪畫也曾經是，書寫和人生，是「每一次」也是「第一次」。這「一次」，頗有此時此地的意味。後來這樣的一次，變成條件式而非必然。除非你依然使用底片，也不交付印刷；或繪畫史上沒有安迪．沃荷的罐頭、數位概念馬上被人厭倦……只有「人生」還沒有找到可以交換的條件，人生獨特不容抹平。

一八三九年，法國畫家達蓋爾發明銀版攝影，被拍攝的人要站上二十分鐘，才能有足夠的曝光，讓底片感光。想想真是不可思議，人們圍著一張小小的紙，上面有縮小的我，我能親眼見到我過去的存在，而且就在不久前的「剛才」，為此驚訝不已。你還記得你第一次為此驚訝的時候嗎？

孩子第一次從鏡子裡辨認出自己，開始有了「自我」的概念，長大後不經意從錄音機聽到自己的聲音，或從照片看見自己的樣子，「原來這就是我」的想法，總是滲透出一種清涼感。不小心翻閱十年前寫的日記，「這竟然是我」，都不斷幫助堆疊出厚實的自我概念。

旅途中我會給小朋友糖果和原子筆當禮物。從台灣帶了拍立得底片，我也會給遇見的人們拍照，把照片當作禮物送給他們留念。大多數的人沒有見過拍立得相機，當底片漸漸浮現出自己的影像，都會露出孩子般的驚喜。一次迷路經過一間老人之家。透過敞開的窗戶看到老人們面無表情坐著。收音機非常大聲，卡斯楚肖像掛在牆上，天花板有一個大吊扇，慢慢轉動。長廊上一位年輕的女性，寬闊體型穿著花色上衣，疑惑看著我。

我問：「我們可以進去嗎？」

她微笑著說：「可以。」

我拿相機，想拍他們，有人露出了敵意，手在空中揮動，想揮開我的注視和打擾。於是我放下像是武器的單眼相機，改拿起拍立得，拍下緊盯著我的一雙眼睛。她伸長了脖子，站在切．格瓦拉的肖像下，全身散發一種戰鬥姿態。我拿著尚未顯影的照片，她順手接過，正反兩面不斷翻看，狐疑地看著我。

我用西班牙文說：「Un Momento!」意思是「等一下」。

我說了她能懂的語言，似乎取得了她的信任。她安靜低頭注視，當影像完全顯影，她突然驚呼，說了一串我不懂的話，引來其他人的注意。

她向其他人展示這張照片，整個老人院開始騷動，大家都站起身，圍著

那張照片。有位老奶奶直接走近我，用指尖指著她的鼻子，接著退後，雙手放在兩腿旁邊，站定著；我想她知道拍照的基本動作。我幫她也拍了一張，她同樣也對什麼都沒出現的照片感到困惑。第一位已經有了拍照經驗的婆婆，很有把握地對她說：「Un Momento!」於是兩個人安心的等著照片。當第二位老婆婆也看到自己的影像，她開心的張著嘴，眼神充滿喜悅，像是少女般笑著舉起雙手大喊：

「Magic!」

之後，每個人都想拍照，但是底片就快用完了。算一算人數，我只好安排還想拍照的人，兩個人拍一張。沒想到，這個舉動引起爭吵，有一個老人氣沖沖的要求，她要單獨拍照。我忘了她們太單純，忘了這裡不可能有印表機或掃描器，一張合照確實讓人困擾。最後我宣布沒有底片了，年輕員工幫我翻譯，才又恢復了開心熱鬧的氣氛。

手上緊緊捏著照片，在擁擠的客廳，有的人隨著收音機的音樂舞動身體，有人唱起歌了。這是一個充滿音樂，舞蹈和愛情的城市，她們的回憶靜靜坐在陽光灑落的沙發，但此時此刻的存在卻被緊緊抓在手上。我邀請她們走到街上，想在充足的光線下大合照，為我自己。雖然他們此刻都像孩子一樣不聽使喚，動來動去，要好好拍一張合照有點困難；但至少她們都願意走出屋子，走到陽光底下，走進我小小的相機盒子裡。

我想起卡通《小英的故事》，小英的媽媽是攝影師；帶著器材四處流浪，幫人們拍照。我也想起馬奎斯小說《百年孤寂》的文字：「這個世界還太新，來不及命名，需要用手指去指。」

這個世界對於我來說，還太新太遙遠了，只能用我習以為常的手，習以為常的偏見，去分類、辨認。暫時用混沌不明的雜訊命名。新的知識，旅途中的一切，匆匆忙忙之間，妳只能為發生的事，在地圖上作記號，而無法立即書寫。這些記號的意義，妳必須耐心等待時間為妳充分顯影。

時代演進，終有一天人們會忘了，古人結繩記事，用一條平凡無其的繩子，打出了第一個代表「妳」，和第一個表達「我」，那神奇的一次。

陳綺貞 ——

獨立音樂人、創作型民謠歌手、作曲及作詞人

已推出九張個人和實況專輯、七張單曲，兩張精選輯，以及四張限量Demo專輯。並著有《不厭其煩》、《LIVE.LIFE》、《夏季練習曲》，以及收錄本篇文章的《不在他方》（印刻出版）。

讀者的練習！

LIFESTYLE MAGAZINE

VOL.04 相信___。

看完了《練習》「相信___。」，請跟我們分享你的相信。

也歡迎上網分享喔 —— www.facebook.com/practice.zine（期間限定）

裁剪

粘貼處　粘貼處　粘貼處

STAMP
HERE

練習相信委員會
10671台北市臥龍街43巷11號3樓
練習雜誌 收

折線請對折

姓名　年齡　歲　男・女

地址

電話

職業